Grotta

Un romanzo di fantascienza

Richard G. Hole

Fantascienza e fantasy

Ogni tentativo di ribellarsi era punibile con la morte.

Cercare di abbattere l'apatia, impiegare un lavoro più o meno manuale per scrollarsi di dosso, per quanto lieve, era l'ultimo dolore.

I disintegratori.

Lì si fermavano i corpi, dei quali non c'era nemmeno la minima traccia...

Grotta è una storia appartenente alla serie Science Fiction, una raccolta di romanzi di fantascienza e fantasy

GROTTA

CAPITOLO I

Odiava tutto questo.
Odiava Crono e odiava anche Alvia.
Alvia era alta, bella e con gli occhi neri.
Alvia era programmata per amare, per avere figli, per vivere con qualcuno come lui, o meglio di lui.
Tutto era programmato sul Pianeta.
Ecco perché odiava Crono.
Ecco perché odiava Alvia.
Entrambi vivevano... vegetavano, dormivano o amavano, ma niente di più.
Ecco cosa era diventata la sua Scienza.
Non era così in passato.
Kelf ricordava.
Tre, quattro o cinquemila anni fa non era così.
E le loro cellule?
E la composizione biochimica del tuo corpo?
L'ho odiato anche tu?
Sì, non c'era anche altra risposta che quella.
Alvia aveva la pelle bianca e rosea, Alvia era intelligente, la più intelligente della Galassia I.
Molto, ma non abbastanza per entrare nel suo cervello informatico magnetico.
C'era solo qualcuno che lo superava, lo stesso Crono.
Quindi doveva stare attento.
L'Essere-Robot, o l'Essere-Robot.
Quello era l'ignoto.
Uno scienziato con più di cinquemila anni di esistenza, che poteva muoversi da qui a là, a suo libero arbitrio, a suo libero arbitrio, ma i cui movimenti erano automi perché tutto era controllato.
Anche la capacità di amare o odiare.
Solo l'odio, se c'era, era al di là della volontà di Crono.
Una volontà che stava disfacendo il Pianeta.
"Robot", mutanti, macchine ovunque.
Amavano, bevevano, andavano al cosiddetto cinema o teatro..., con spettacoli e film controllati al quinto di secondo.
Un'ora per iniziare e un'altra per finire.
Programma per pranzo, cena o dormire.
Campi vuoti e pieni di macchine robot.

Facevano e disfacevano a loro piacimento, seminando, raccogliendo raccolti, senza un solo fallimento.

Anche l'acqua tra le nuvole era controllata.

Il resto, gli esseri del pianeta, vegetavano nelle poltrone al sole, sulle spiagge, sotto gli alberi, amandosi, carezzandosi, baciandosi..., ma niente di più.

Tempo per l'amore, per dormire, per svegliarsi... e per fare passeggiate, lunghe passeggiate, passeggiate instancabili, e poi andare a sdraiarsi ovunque.

Come Frida e Volmen.

Da lì potevo vederli.

Accanto alla fontana della Grande Piazza Centrale, all'ombra, strettamente abbracciati... Esseri che non erano abituati ad altro che a godere.

Ma cosa si sono divertiti?

Nessun problema.

Erano... irreali, anche se le loro ombre erano proiettate a terra.

Non avevano sentimenti, né idee proprie, perché Crono li aveva presi.

Esattamente come è successo a lui.

"Kelf, devi fare questo o quello" e lo fece.

"Alvia è molto sola stasera, vai a trovarla, Kelf," e doveva.

Ore per amare, divertirsi, ridere o cantare; ma tutto dietro espresso ordine.

Il Pianeta era invaso dall'apatia degli esseri che lo popolavano, e Crono ne era stato il principale artefice, anche se aveva anche parte della colpa che ciò fosse accaduto.

Forse il più antico.

Alvia sapeva amare, ma il suo amore era controllato, e Kelf non lo voleva.

L'Essere-Robot o l'Essere-Robo.

Era... il solito sconosciuto, che gli balzò in mente secondo per secondo, non appena si trovò di fronte uno di quei mutanti.

Ma in realtà, lì, sul Pianeta, chi era il Mutante, il Robot?

Gli esseri che lo popolavano, come lui e Alvia, o si chiamavano Robot, che governavano ogni cosa, governando le loro vite e le loro menti?

Ogni tentativo di ribellarsi era punibile con la morte.

Cercare di abbattere l'apatia, impiegare un lavoro più o meno manuale per scrollarsi di dosso, per quanto lieve, era l'ultimo dolore.

I disintegratori.

Lì si fermavano i corpi, dei quali non c'era nemmeno la minima traccia.

Ecco perché odiava Crono, e perché odiava se stesso.

Alvia potrebbe avere figli.

Glielo avevano detto i Grandi Dottori del Pianeta quando era andata a vivere con lui, ma Alvia non li voleva.

Non gli piaceva il processo lento o l'inconveniente che senza dubbio gli avrebbe causato.

Ecco perché odiava Alvia.

Scambiarla con un'altra, con un altro essere di sesso diverso per vivere con lui?

Poteva, certo, ma nella sua relazione al Presidente doveva fornire alcuni dati, che preferiva tenersi per sé.

Frida e Volmen si erano seduti con la schiena appoggiata al muro di contenimento della Grande Fontana Centrale.

Si guardarono negli occhi.

Kelf controllò l'orologio.

Avevano esattamente quattro minuti e trenta secondi rimasti, poi da lì si alzavano e, a braccetto, cominciavano ad allontanarsi, facendo la "solita" passeggiata sotto gli alberi del parco.

Kelf sapeva che se avessero indugiato per una frazione di secondo più del necessario, un Essere-Robot avrebbe inviato loro un avvertimento.

Il terzo, se fosse arrivato, sarebbe stato punito e, in seguito, se l'atto fosse stato ripetuto...

"Cosa stai guardando, Kelf?

Lentamente, si allontanò dalla finestra, si voltò e la guardò.

Alvia era bellissima e aveva la pelle...

Alta, con un seno sodo, o il suo equivalente, e le gambe completamente scoperte, era perfetta, o almeno così pensava Kelf.

Gli stavo sorridendo.

"A Frida ea Volmen" rispose interrompendo il filo dei suoi pensieri; chiudendo la sua mente alla sua, temendo che potesse indovinare quali fossero i suoi pensieri su Crono, sul futuro e su se stessa. "Sono alla fonte.

"Un giorno faranno un errore" si fermò, e gli si avvicinò, mettendogli le mani sulle spalle, mentre quelle di Kelf gli arrivavano alla vita, tirandola contro il suo petto in modo quasi irresistibile, e aggiunse: "Quando mi porterai? sotto gli alberi, Kelf? Lo fanno tutti un giorno o l'altro, e io e te viviamo insieme.

«Ma tu non vuoi figli.

"Li odio.

E lo baciò, in contrasto con le sue parole.

Kelf non disse nulla.

Le sue labbra si schiusero su quelle di lei, e ricambiò dolcemente la carezza di Alvia. Poi la separò dalle sue braccia.

"Crono vuole vederti, Kelf" disse, non appena lo fece.

"Per cosa?

"Crono non dà mai una spiegazione. Lui comanda e noi obbediamo.

"Sì lo so. E tu...?
"Aspetterò" lo guardò pensierosa e aggiunse, dopo un paio o tre secondi di silenzio, "Penso che per qualche ora andremo fuori controllo.
"E non ti piace, vero?
"Non.
"Perché?
"Cerca di costringermi, quando succede. Il tempo non conta più per te, quando si tratta di me.
"E tu non vuoi figli?
"Lo sai, Kelf" rispose lei. Quindi, perché chiedere sempre la stessa cosa?
Kelf sorrise.
Pelle bianca, rosata, ambrata...
"Potrei costringerti. Una denuncia a Crono...
Gli si avvicinò, ondeggiando.
"Non lo farai, Kelf" sussurrò, le mani già sul suo collo, le labbra che lo solleticavano. Non lo farai.
"Perché? Kelf ripeté come un automa.
Alvia smise di baciarlo, fece un passo indietro e rispose
"Mi ami... e questo ti perde, cara. Dai, vai, e non farlo aspettare. Crono sarebbe sconvolto.
Kelf sapeva che era vero.
Non gli dava fastidio, non poco, non troppo, ma non voleva che accadesse, non per il momento.
Si voltò e, senza rispondere, si avvicinò a una delle pareti; il pannello scivolò indietro da solo, e davanti a lui, lasciando abbastanza spazio per fargli entrare.
Lo fece, e silenziosamente sui suoi binari invisibili, si chiuse dietro di lui, e Kelf si vide dove si era visto innumerevoli volte.
La Grande Nave Centrale di Crono.
Lungo e largo, incommensurabile, con una luce propria che sembrava provenire da ogni dove, e allo stesso tempo dal nulla.
Doppia fila di mutanti, di Robot-Esseri, muti, che manipolano il complicato meccanismo della nave.
Pulsanti, rossi e bianchi, innumerevoli, infiniti come il numero stesso, schermi che si accendono e si spengono, girano su ruote, ingranaggi, registratori, ma in silenzio, in silenzio dall'oltretomba.
Cominciò ad avanzare tra gli Esseri-Robot che si voltarono a guardarlo silenziosi come la macchina stessa, e si avvicinò al pannello di controllo generale e, con la mano dell'esperto, iniziò a manipolare.
Davanti a lui si illuminò lo schermo televisivo e chiese:
"Mi hai chiamato?

E la risposta è stata:

«Sei in ritardo di quindici secondi e tre decimi, Kelf, e questo non mi piace.

"Sì lo so. Mi dispiace, non succederà più.

Ma mentiva, e questo, Crono non lo sapeva.

"Era Alvia?

"No, non era lei. Ho ritardato me stesso.

"Stai mentendo, Kelf! Era Alvia.

Crono lo sapeva.

Kelf si irrigidì, chiedendosi se non sapesse anche tutto il resto, tutto ciò che pensava del Sistema Planetario.

"Sì, è stata lei" rispose, più che altro per rompere quel silenzio che poteva sembrare ancora molto più sospettoso che se avesse continuato a parlare.

"Bene... Alvia, Kelf. Ti darà dei figli.

Non voleva contraddirlo, e rispose con una sola parola, che a sua volta era piuttosto una domanda:

"S...?

Crono fu lento a rispondere.

«C'è qualcosa che non va, Kelf.

I suoi muscoli si tesero come cavi d'acciaio.

"Cosa non funziona...?

"Qualcosa dentro di me sta fallendo.

Si accigliò.

"Spiegati, vuoi?

"Qualcosa nella mia mente, capisci? Idee che vogliono penetrarlo e che non possono. Non è mai successo, e tu lo sai.

"E bene...?

"Stanotte dovrai venire qui. Che Alvia ti accompagni.

"Per cosa?

"Devi controllare tutto. I circuiti, gli allarmi e... tutto.

"Posso farlo da solo?

«Alvia ti accompagnerà, Kelf. È il mio desiderio. Voglio vederla accanto a te.

"Va tutto bene. Alvia mi accompagnerà" ripeté come un automa.

"Va bene, Kelf.

Per il momento non rispose, si limitò a dare una lunga occhiata alla doppia fila di Robot-Esseri e, già guardando di nuovo Crono, chiese:

"Rimarranno per aiutarmi, giusto?

«Lo farai da solo, Kelf. Non voglio nessun altro che curiosa all'interno della macchina, dei circuiti, dei computer, del...

Kelf finse di ascoltarlo, ma non lo era.

Pensato.

Stanotte potrebbe.
Non ci sarebbe stata altra occasione, per molto tempo.
": ... e ora che sai cosa voglio, vattene, Kelf. Alvia ti sta aspettando. Non vede l'ora di portarti a casa.
Non rispose; se lo avesse fatto, sarebbe sicuramente scoppiato a ridere.
Era un creatore e stava per distruggere.
Questo era tutto.
Davanti ai suoi occhi, lo schermo si oscurò, e poi, senza una sola esitazione, Kelf si voltò e si avviò verso l'uscita.

CAPITOLO II

Veniva dalla cucina o da un suo equivalente, e si avvicinava a lui, sorridente, affascinante, consapevole del suo potere sugli esseri dell'altro sesso.
A proposito degli Esseri-Robot, come lei e come lui.
Kelf sapeva cosa sarebbe successo dopo.
Esattamente come altre volte.
La gonna bianca, semi-metallica e le gambe lunghe, perfette, nude.
Lei continuava a guardarlo, continuando a sorridergli desiderabile, come per dare o rifiutare. Di quello di quell'ultimo Kelf, non era mai sicuro.
Lotta con se stesso, non per alzarsi e correre da lei per stringerla tra le braccia, ma per non guardare i due bicchieri che erano accanto a lui, sul tavolo.
«Ho finito, Kelf.
Lei gli era molto vicina quando lo fece e lui allungò una mano e la prese tra le sue.
Alvia si sedette sulle sue gambe e si baciarono.
"Mi ami, Kelf?
"Si e tu?
"Pure.
Le accarezzò una delle gambe nude.
"Tuttavia..." iniziò,
Alvia lo interruppe, accigliata.
«Torneremo alla stessa cosa, Kelf? "Chiedo.
E c'era disgusto nella sua voce.
"Stanotte", rispose, "andremo a vedere Crono.
“Sì, lo so” rispose Alvia, con perfetta calma “, ma non glielo dirai. Non puoi.
“Sei molto sicuro.
La vide sorridere, e poi la sua domanda lo sorprese:
«Quanti anni hai, Kelf?
Guardandola con stupore, rispose:
“Millennials, Alvia, e non ti sto mentendo.
"Lo so. È lì che non siamo simili. Il tuo trucco biologico è diverso dal mio.
"Cosa intendi?
“Quando sarò una vecchia piena di rughe, irriconoscibile, tu continuerai allo stesso modo. Non sei mortale, Kelf.
"E' un motivo?
"È uno di loro. Gli altri ti ho già spiegato.
"Non è sufficiente.

"Ci sono quei millenni... che non ti sono serviti, se non sai cosa voglio dire"
esitò un po', senza che Kelf dicesse nulla e, all'improvviso, gli gettò le
braccia al collo": Oh , Kelf! Ti amo... Ti amo tanto lo sai Nonostante tutto...
La stessa Alvia si interruppe mentre premeva le labbra su quegli altri che
all'inizio le sembravano freddi e che all'improvviso assumevano un calore
improvviso, sentendosi trattenuta dalle braccia potenti che la snervavano.
Quando si separarono, era passato più di un lungo minuto, e ci vollero
ancora parecchi secondi prima che Kelf reagisse, amandoli entrambi,
mentre lei gli teneva una delle sue braccia rosee e ben fatte intorno al suo
collo.
"Ecco, Alvia" disse, offrendogliene uno. Andiamo a bere e subito andiamo.
Lo prese, sorridendo.
"Per te, Kelf" disse per un secondo prima di portarlo alle labbra.
Bevve e Kelf la imitò freddamente.
Ci fu un secondo di attesa, forse due, e all'improvviso la testa di Alvia si
inclinò da un lato e l'uomo la tenne stretta in modo che non cadesse a terra.
E con lei in braccio, e si avvicinò alla camera da letto, la adagiò dolcemente
sul letto, si voltò e raggiunse la soglia della porta.
Non la guardò.
La odiava e in quel momento il Pianeta, il destino del pianeta, il suo destino
futuro, contavano molto più di Alvia.
Quando si sarebbe svegliato il giorno dopo, avrebbe trovato il CAOS.
I Robot-Esseri sarebbero stati a terra, come quelli che erano, bambole di
metallo, acciaio o loro equivalenti, rotte, disarticolate, senza vita... che non
sarebbero più tornate da loro perché Crono sarebbe morto.
Il terribile CAOS.
Civiltà distrutta... ma quella civiltà, e non i Robot-Esseri.
Vivrebbero, dovrebbero pensare, a badare a se stessi con i propri mezzi, e il
Pianeta, piano piano, in decenni, in lunghi decenni, riacquisterà la sua
freschezza, la vita lavorativa che aveva già millenni fa.
Di freschezza e di vita, e non di lenta morte, come avveniva allora.
Senza pigrizia, senza apatia, e senza tante cose che lentamente lo stavano
consumando.
Si sarebbe ripreso. Vorrei uscire dal CAOS.
Di questo, Kelf era completamente sicuro.
Lasciò la camera da letto e cominciò a passare dall'altra parte della grande
stanza, verso la porta che dava sulla strada.
Non è arrivato.
Un ronzio basso, ma lungo e monotono, lo fece fermare, come se avesse
improvvisamente messo radici nel terreno.
Crono!

Guardò l'orologio.

No, non poteva essere Crono a chiamarlo a quell'ora, perché non c'era ritardo nella sua partenza.

Tutto era stato misurato, controllato al millesimo di secondo.

No, certo, non era Crono.

Allora chi?

Il ronzio persisteva e Kelf sapeva che non si sarebbe fermato finché non avesse sollevato il tipo di ricevitore, nascosto dietro un piccolo pannello sul muro.

Si avvicinò, lo tirò indietro e premette uno dei pulsanti.

Davanti ai suoi occhi, una luce rossa lampeggiò rapidamente, poi si fermò, e quasi subito udì la voce.

Irriconoscibile, graffiante, un po' rauco, ma con sfumature familiari.

"Kelfo...?

"Sì. Chi sei?

"Non importa adesso. Ascoltami, per favore "c'era angoscia nella voce, un'angoscia infinita." Non farlo, capito?

"Cos'è che non devo fare?

"Non farlo finché non me ne vado. Per favore... sarebbe orribile per te. Molto orribile. Qualcosa che non avrebbe mai dimenticato. Non farlo. Rispondere.

Kelf, accigliato e un po' nervoso, gli chiese:

"Dove sei?

"È a lunga distanza" sembrava annegare. Nell'altro continente. Le ha parlato da lì. Per favore, Kelf, non farlo stasera.

Di nuovo esitò.

Un pazzo?

Potrebbe essere o forse no.

Nel dubbio Kelf ha risposto: non sto cercando di fare ...

La voce dall'altra parte lo interruppe:

"Prenderò un aereo a razzo, capito? Sarò lì tra circa sette o otto ore e parleremo. Io... non posso e non voglio spiegartelo in questo modo, non mi crederesti.

La lampadina rossa davanti ai suoi occhi si spense e Kelf si rese conto di aver interrotto la comunicazione.

Chiuse il pannello e si voltò a guardare la porta della camera da letto.

Alvia continuò a dormire, avrebbe continuato così fino al giorno dopo... e forse... forse non si sarebbero più rivisti.

Almeno no, in quello stato di cose.

Un pazzo?

Scrollò le spalle e guardò di nuovo l'orologio.

Avrebbe dovuto sbrigarsi.

Uscì in strada, completamente armato.

Nessuno ti registrerebbe

Come il Grande Scienziato del Pianeta, aveva la piena fiducia del Presidente e di Crono stesso.

Crono... quello che voleva distruggere, quello che avrebbe distrutto quella stessa notte, ed era paradossale.

Scese sull'ampio marciapiede e immediatamente un'auto robot si fermò accanto a lui e la portiera corrispondente a quel lato si aprì per farlo entrare nel veicolo.

Kelf lo fece, si sedette sul sedile posteriore e la voce fredda e metallica della macchina chiese:

"Dov'è Alvia, Kelf? Crono mi ha detto che sarebbe venuta anche lei con te.

Kelf sorrise.

"La cena gli è andata male e non può farlo. Lo stesso Crono chiamerà il dottore.

"A Crono non piacerà.

"Lo so," replicò Kelf con perfetta calma. mi porti?

Non ci fu risposta, ma la macchina si avviò verso il quartier generale del pianeta.

La Grande Fontana Centrale, ora illuminata, e Kelf, vedendola, pensò a Volmen e Frida.

Forse sarebbero stati contenti di quello che avrebbe fatto quella sera.

Scese dall'auto robot davanti alla Porta Grande e, con gli occhi fissi sui sei robot che formavano la guardia, iniziò a salire i gradini, bianchi e luccicanti, lucidi, di materiale prefabbricato appositamente per quello scopo.

Esseri-Robot che rispettosamente gli hanno fatto posto, augurandogli la "buonanotte" con le loro voci uguali, programmate, metalliche e fredde di macchine viventi.

Robot-Esseri che quella notte avrebbero posto fine alla loro guardia in un modo molto diverso dal solito, poiché in quel momento l'Essere-Robot sarebbe arrivato al culmine di un fatto, per riconquistare l'Essere, all'interno del Pianeta.

Attraversò la porta, rispondendo a "buonanotte" e, senza voltare la testa una volta, anche senza una sola esitazione, si diresse verso la stanza dove si trovava con Alvia quel pomeriggio, e poi, dritto al pannello che fu tirato indietro per un lato per cedere.

Quattro secondi dopo, Kelf si trovò di fronte a Crono.

La stanza vuota, senza anima.

Senza un suono, anche se i suoi mille meccanismi continuavano a funzionare con precisione solare.

"Sei arrivato in tempo, Kelf" fu quello che disse per tutti i saluti. E Alvia?
"La cena gli è andata male e non è potuto venire.
C'era un silenzio, che sembrava lungo e pesante, che la rendeva nervosa.
Crono lo ruppe dopo quella volta, con una nuova domanda:
"Puoi farlo da solo?
sorrise.
"Questa non è la prima volta", ha detto.
"Sì, lo so, ma Alvia… mi piace vederla da queste parti. Alvia è bellissima,
Kelf, e nessuno lo sa meglio di te" e aggiunse, bruscamente: "Da dove
inizierai?
«Dai circuiti di allarme.
"Dopo...?
"Quelli extra sensoriali, e se non riesco a trovare il difetto, dovrò scavare
nella tua mente.
"Lo so.
"Quindi...
Seguì un nuovo silenzio, ma questo fu molto più breve del precedente.
Crono lo tagliò, lo stesso di sempre:
"Spostati, Kelf. Non vedo l'ora di farla finita. È come se le mie viscere
volessero avvertirmi di qualcosa, e non potevo... e non mi piace quella
sensazione.
Kelf fece un piccolo passo indietro e il suo sguardo percorse l'intera
struttura, l'intero complesso automatizzato.
Con gli occhi di quello che era, di un esperto.
Alla fine, Kelf iniziò a camminare verso il fondo della Grande Nave.
Era quasi arrivato, quando l'allarme cominciò a suonare.
Prima piano, poi più forte, e poi il suo suono si è diffuso attraverso Planet
First City, scuotendolo dalle fondamenta.
Si voltò proprio mentre la risata sarcastica di Crono raggiungeva le sue
orecchie e le sue parole:
«Morirai, Kelf. Arrendersi senza resistenza.
La lunga nave davanti a lui, completamente illuminata, silenziosa come
sempre, le migliaia di ingranaggi che girano e girano... e le lampadine che
si spengono, che si accendono, ma vuote.
Kelf non esitò.
Con l'arma in mano, un'arma piatta dall'aspetto strano, piccola ma potente,
poiché i suoi effetti erano devastanti, corse verso l'uscita.
La risata di Crono gli entrò nel profondo, proprio mentre il pannello scivolò
di lato per lasciarlo passare e si richiuse allo stesso modo, dietro di lui, non
appena lui lo fece.
Il corridoio.

Silenzioso, cupo nonostante fosse illuminato come la nave che aveva appena lasciato.

La curva.

Kelf continuò a correre.

La Grande Porta.

L'uscita.

Lì i sei Robot-Esseri lo stavano aspettando, con l'ordine espresso di ucciderlo.

Continuò a correre fino a fermarsi prima di arrivarci, ansante, sudato, i polmoni sul punto di scoppiargli dalla bocca.

L'ha aperto come un pesce fuor d'acqua.

Era intrappolato.

Crono aveva saputo tutto dall'inizio, e fu in quel momento, giunto a quella conclusione, che si ricordò della chiamata di quella notte.

Chi...?

Perché non hai prestato attenzione?

Intorno a lui, il silenzio era più minaccioso della risata spettrale di Crono e della presenza di tutti i Robot-Guardiani della Grande Casa e del Pianeta.

Pensò ad Alvia.

Alvia, che stava dormendo, vittima della droga che lui le aveva somministrato, mischiata al bicchiere di liquore.

Odiava Alvia.

Meditò su di lei, su quella chiamata, esitando tra uscire o restare lì finché la Grande Porta non si aprì per cedere loro il passo, pistola in mano all'altezza del fianco.

Fino a quando non ha preso una decisione improvvisa.

CAPITOLO III

Il suo cuore aveva smesso di battere con quella forza terrificante che lo faceva fermare con le spalle al muro.

Era il momento.

Kelf si allontanò, guardò indietro nel corridoio dietro di lui, verso la curva che nascondeva tutto il resto alla sua vista.

Lentamente, iniziò a camminare.

Stava facendo il Grande Cancello, notando come, ancora una volta, e che ora non correva, la sua fronte cominciasse a sudare.

Un passo, due, tre, anche quattro, non ponendosi al centro del corridoio, ma sfiorando il muro alla sua sinistra, e all'improvviso, come obbedisse a un silenzioso ordine, la Grande Porta si aprì, e allora vide, secondi prima che lo vedessero e lui non esitò.

Ha premuto il grilletto.

Ci fu un debole suono, e due degli Esseri Robot andarono in fumo, dopo un lampo blu che quasi lo accecò.

Kelf si gettò a terra, mentre gli altri quattro gli sparavano contro.

Il muro dietro la sua schiena fece uno scatto, e una nuvola di macerie cadde in lungo e in largo, mentre si rotolava su se stesso, e la voce di Crono si udì in tutto il pianeta:

"Lo voglio vivo, stronzi. Regola le tue armi.

È stato un errore.

Kelf l'ha capito in quel modo.

Un errore di un millesimo di secondo, ma lo capì in molto meno tempo, in qualcosa di infinitamente più piccolo, e fece come i quattro alzarono le armi, non per disintegrarlo, ridurlo in polvere, ma aggiustandole così per non ucciderlo.

Uno di quei raggi colpiva il suo corpo, cadeva a terra, privo di conoscenza, e quello che sarebbe venuto dopo sarebbe stato forse molto peggio della morte stessa.

Non glielo permise.

Per quattro volte consecutive mandò i raggi, e l'odore penetrante e sgradevole di cavi e circuiti bruciati, raggiunse le sue narici nel momento preciso in cui contorcendosi per terra, tra scintille di fuoco, scomparve dalla sua vista.

La Grande Porta era aperta davanti a lui.

Kelf corse lì.

La strada.

Scese i gradini, guardandosi intorno, mentre l'allarme suonava di nuovo, dicendo agli abitanti della Grande Città che un Essere-Robot era fuggito da Crono.
Ero solo.
Non poteva nemmeno tornare a casa da Alvia, nonostante il suo odio per lei.
Era lì che lo avrebbero cercato per la prima volta.
Forse erano già accanto a lei, ad aspettarlo.
Crono avrebbe anticipato tutto, anche nell'eventualità che fosse fuggito dalla Grande Casa.
Raggiunse l'angolo.
Solo.
Era completamente solo nella Grande Città.
Nessuno avrebbe aperto una sola porta o avrebbe cercato di aiutarlo, sapendo cosa avrebbe significato per chi l'avesse fatto.
Si mise a camminare, le dita serrate sulla pistola, cercando un'uscita in direzione dei quartieri estremi.
Frida e Volmen.
Neanche loro.
Solo, completamente solo.
Crono doveva solo aspettare ancora un po' per dargli la caccia.
Molto poco altro.
Sopra la sua testa, l'oscurità del cielo, e le stelle nella loro inesorabile marcia nell'Universo.
Sotto, la Grande Città e la trappola mortale che ora rappresentava per lui.
Kelf arrivò all'angolo.
Lo piegò e mentre lo faceva li vide.
Due, che si separarono non appena lo videro, e proprio mentre si buttava a capofitto a terra.
Il fulmine passò molto vicino al suo corpo, si schiantò contro il muro della casa alle sue spalle, senza produrre il minimo rumore né lasciare la minima traccia, così comprese, senza alcuno sforzo, che l'ordine di Crono, con riguardo che lo voleva vivo, aveva raggiunto tutti i Guardiani del Pianeta.
Sparò, due volte, dopo essere saltato verso uno dei portali, e il bagliore di entrambi illuminò l'intero tetro vicolo dove si trovava in quel momento.
Kelf iniziò a correre.
Frida e...
Non completò il pensiero perché in quel momento la vide, sul marciapiede, correre verso di lui con la lunga chioma che svolazzava dietro di lei.
Anche Frida era bruna, ei suoi occhi erano grandi e a mandorla, castani, molto scuri.

Anche Frida era bella e gli piaceva, ma non poteva mescolarla in questo.

"Vieni" disse, raggiungendo a malapena il suo fianco "; dai, vieni con me.

Stava afferrando la sua mano, tirandolo.

Ha resistito.

"Non posso venire con te, Frida" disse.

"Vieni" ripeté. Ti porterò in un posto sicuro.

"Non posso. Non voglio che tu... D'altra parte, non posso andare a casa tua. Mi cercherebbero lì, e a Volmen non piacerebbe. E Crono. Finirebbe con te come

Frida lo interruppe:

«Volmen non conta in questo, Kelf.

"Ma...

"Viviamo, ma niente di più. Non lo amo e lui lo sa. Crono comanda e noi obbediamo, ma niente di più,

Tirò di nuovo la mano e Kelf fece un gesto di rassegnazione.

Un posto sicuro, era quello di cui aveva bisogno, e Frida glielo aveva promesso.

Cominciò a camminare, senza che lei lo lasciasse andare, e in pochi minuti capì che lo stava portando a casa, nella dimora che condivideva con Volmen.

"Frida...

"Sì? E lei inclinò la sua bella testa bruna per guardarlo.

"Volmen non mi lascia entrare.

"Non è in casa. Non verrà tutta la notte.

"Anche così, gli Esseri Robot...

"Non ti troveranno. Tu ed io andremo, come ti ho detto, in un luogo sicuro. Non starai in casa a lungo. Solo pochi minuti. Dai, Kelf, non ti sto tradendo "si fermò, ancora camminando, senza lasciar andare la mano e chiese": E Alvia?

"Dormire.

"Come è possibile...?

"Te ne parlerò dopo.

Casa.

Fu pochi minuti dopo aver finito di parlare che Kelf si trovò davanti alla sua porta.

Accanto a lui, Frida gli lasciò la mano, fece qualche passo avanti e aprì la porta.

"Entra, Kelf" disse in un sussurro.

Ha varcato la soglia.

E non si accorse nemmeno dei posti in cui lei lo conduceva finché non si fermò al centro della sua camera da letto.

"Aspettami qui, Kelf.
"Dove stai andando?
Le sorrise.
I suoi denti erano perfetti.
Una cosa insignificante, a guardarla e in tali circostanze, ma Kelf l'ha fatto in quel modo.
«In cerca di cibo, Kelf. Forse dovremo stare insieme per un po'.
Era la domanda d'obbligo, e la fece:
"E Volmen?
"Non conta in questo. te lo dico fuori
Non aspettò una risposta, si voltò e la vide scomparire in una delle stanze.
Ci sono voluti alcuni minuti per tornare ed è arrivato completamente carico di pacchi.
"Aiutami, Kelf" chiese.
E lo ha fatto.
Quando ebbe finito, Frida si chinò, scostò il tappeto che era sul pavimento e vide il portello, che poi sollevò.
Una scala.
"Scendi prima tu.
Cominciò a farlo senza rispondere, senza chiedere nulla, e lei seguì l'esempio, chiudendolo poi.
Buio.
Kelf cominciò a sentire i passi, proprio mentre Frida vi puntava una torcia.
Un corridore.
Kelf continuò, sentendola al suo fianco, il grazioso clic delle sue scarpe sul duro pavimento e, più di ogni altra cosa in sé, la sua presenza femminile, e tutto ciò che lei rappresentava per lui, in un dato momento.
Ore
Kelf non lo seppe mai, ma all'improvviso il corridoio finì, chiudendosi davanti ai suoi occhi con quella che sembrava essere roccia viva.
Si voltò a guardarla.
Frida gli stava sorridendo.
"C'è una via d'uscita.
"Sì...?
"Crono non lo sa, ma sono sicuro che troveranno questo passaggio, solo quando lo faranno, noi non saremo qui.
Si avvicinò al muro, dandogli le spalle, e per la prima volta da quando era stata inciampata quella notte, gli occhi di Kelf andarono alle sue magnifiche gambe, che erano quasi completamente scoperte dalla gonna molto corta.
Un ronzio.

Rimase sorpreso, e smise di guardarla per, in modo del tutto meccanico, volgere gli occhi alla roccia che gli bloccava il cammino.

Stava precipitando di lato, così come il pannello dietro il quale si nascondeva Crono.

"Andiamo, Kelf" disse, rompendo i suoi pensieri in mille pezzi. Devi passare dall'altra parte, o si chiuderà di nuovo e ora... non potremo riaprire fino a poche ore dopo. corre!

Lo fece, prendendola per mano, tirandola come aveva fatto prima.

L'altra parte.

Io guardo.

Rocce, spigoli vivi, cespugli, alberi, la luna, le stelle, la montagna.

Chiedo:

Dov'è la Grande Città?

Frida rise.

"Dietro questa montagna, Kelf" rispose. E non fermarti, non possiamo restare qui a lungo.

Lui non rispose e cominciò a camminare, portandola, come sempre, al suo fianco.

Un percorso tra le rocce.

"L'ho scoperto per caso", ha spiegato.

"Con Volmen?

"Solo. È un piacere fare passeggiate che Crono non controlla. E fidati di me, Kelf, la maggior parte degli abitanti della Grande Città lo fa.

"Perché non si ribellano?

"Hanno paura di morire. Come me, come te... e anche come Crono. Il più di ognuno di noi. Ecco perché non permette a nessuno di avvicinarsi a lui. È il loro trionfo contro il tuo, Kelf. Contro l'Essere che...

"Lascia perdere, vuoi?

"Sì, certo, non volevo disturbarti. Andiamo?

"Sì.

Proseguirono lungo il sentiero roccioso, senza lasciare traccia del loro passaggio, finché non giunsero a una brusca fine, dietro una curva, e Kelf si trovò di fronte ai massi granitici e basaltici della montagna.

Si guardò indietro.

In lontananza gli parve di distinguere le lucidità di un nuovo giorno.

"Fra poco sarà l'alba, Frida" commentò, volendo rompere in qualche modo il silenzio che li circondava.

Lei non ha risposto

Di nuovo gli aveva voltato le spalle, manipolando l'ombra del suo splendido corpo di giovane e bella, e il ronzio si era ripetuto.

La roccia si mosse davanti ai suoi occhi.

Il buco, grande, quasi quanto o più della Grande Porta del Quartier Generale del Presidente del Pianeta e di Crono.

E la piccola mano ben curata di Frida tra le sue

"Entra, Kelf" invitato", qui saremo al sicuro.

Pensò a Volmen, ma non pronunciò il suo nome, non volendo più farlo.

Entrarono, camminando illuminati da quella specie di lanterna sorda che Frida portava tra le mani e Kelf poteva vedere sopra la sua testa a un'altezza enorme in alcuni punti, le stalattiti sul soffitto, che le raccontavano il passato.

Da un matrimonio di secoli.

Continuarono a scendere verso le viscere del Pianeta finché, anche in modo brusco, la discesa fu terminata.

La grotta.

Là formava una specie di piazza grandiosa, e intorno ad essa molte altre bocche, all'ingresso di altrettante grotte.

"Possiamo approfondire, Kelf" disse. Basterà per entrambi.

"Non rispose.

Passarono dall'altra parte, in silenzio, entrarono e la luce brillò.

Kelf la guardò con stupore.

«Ho installato tutto questo per mesi, Kelf.

"Per cosa?

“Come un ritiro.

"Per te?

"Sì.

Non potevo vedere la sua faccia.

Stava lasciando cadere i pacchi a terra, e Kelf, in attesa della risposta, seguì l'esempio.

"Solo?

"Non.

"Con un altro Essere di sesso diverso?

"Sì. Una fuga... con te, Kelf. Lo voglio sempre. Ti amo, lo sai?

È stato così semplice finire di posizionare gli ultimi pacchi sul pavimento di roccia.

Poi si raddrizzò, e furono uno di fronte all'altro, molto vicini l'uno all'altro, quasi a toccarsi.

"Posso crederci Frida?

“Oh, Kelf... che... che bella follia...!

E si gettò tra le sue braccia, cercando le sue labbra con un fuoco che minacciava di consumare tutto.

Almeno questa era la sensazione che Kelf provò quando iniziò a ricambiare il suo tocco.

Poi molto più tardi, con la testa appoggiata sulle cosce nude, mentre era seduta per terra con la schiena appoggiata alla roccia, Kelf chiuse gli occhi.

Era molto stanco, enormemente stanco.

Si è addormentato.

Sul suo viso, le sensuali labbra rosse di Frida sorrisero mentre i suoi occhi brillavano di una forza insolita.

Aveva tenuto tra le braccia Kelf, l'uomo per il quale aveva cominciato a odiare Alvia, e che ora dormiva come un bambino, confidando completamente in lei.

E gli piaceva la sensazione che stava provando.

CAPITOLO IV

Aprì gli occhi.

La sua testa era appoggiata sulle cosce strette della ragazza, e lei stava sonnecchiando, la sua appoggiata al muro.

Kelf iniziò a muoversi dolcemente, non volendo svegliarla, senza nemmeno chiedersi come fosse successo tra loro due.

Si sedette per terra e si vide subito davanti agli occhi di Frida, che lo guardava con un sussulto.

"Kelf..." esclamò, "Oh, Kelf! Non andare, non voglio che tu vada, capisci? Né voglio essere ucciso.

Le legò le braccia al collo e la baciò ancora una volta.

"Non me ne vado" disse.

L'ha rilasciato.

"Veramente?

-Esatto "rispose", ma un giorno o l'altro dovrò farlo.

"Non!

Era quasi un grido, ma Kelf fece finta di non averlo sentito.

"Devo farlo, capito?

E morirai. Il tuo corpo scomparirà senza lasciare ...

"Può succedere, Frida; Lo so anch'io, ma amo Crono e lo finirò.

«Lo so tutto, Frida, e poiché lo so, lo voglio.

"Tu... tu...

Si alzò in piedi e Kelf seguì l'esempio.

"Sei il primo che amo veramente. Lo capisci?

"Sì.

"Beh, capisci anche che non voglio perderti.

"Niente di tutto questo accadrà, ma devo uscire.

"Ora?

"No." Guardò l'orologio.

Dieci, sette secondi e quattro decimi.

Anche Crono l'aveva sistemato in quel modo, al millisecondo.

Giorno o notte?

Kelf si è posto la domanda, quando lei stava già rispondendo:

"Ascolta, Kelf" disse; Io voglio stare con te. Vivere con te. Crono ti ha assegnato a un'altra donna...

"Lo so.

"Tu la ami?

"Non.

"Nemmeno io Volmen. E questa è un'altra delle cose che ti ho detto anch'io. E ora cosa farai?

"Vattene, Frida, ma non ora.
"Non c'è altro modo per...?
"No non c'è.
Ancora più vicino, tanto che Kelf sentì il calore del suo corpo contro il suo,
Frida rispose:
"Lo farò.
"Quella...?
«Ascolta, Kelf, tra poco esco e tu mi aspetterai.
"Per cosa?
"Volmen, tra le altre cose. Non voglio che cominci a cercarmi e che porti
questo all'attenzione di Crono. Se lo fa, ci racconterà, in un modo o
nell'altro.
"Succederà.
"Lo so, ma per allora potrebbe essere troppo tardi.
"A parte Volmen, Frida, cosa hai intenzione di fare?
«Cerca di sapere le cose, Kelf. Cose che potrebbero essere importanti per
te.
"Sarebbe pericoloso" la guardò dalla testa ai piedi, e aggiunse ": D'altra
parte, dopo quello che è successo tra noi, non voglio che torni a Volmen.
«Non mi avrà, Kelf, puoi starne certo. Sappiamo tutti come fare le cose in
un modo che... quello... Lui non se ne renderà conto, ma io non sarò più sua.
È una promessa.
"Quando lo farai?
"Ho fame" replicò lei, più prosaica di Kelf "Quindi, non prima di pranzo o
cena. Ho perso, con il sogno, la nozione di tempo.
Preparò il cibo, freddo, che divorarono in silenzio.
Quando ebbe finito, Frida si alzò,
"Che ore sono?" chiedo.
"11:30.
Si avvicinò all'imboccatura della caverna e Kelf la seguì.
"Tornerai...?
Si voltò a guardarlo.
Le stava sorridendo.
"Ti aspetti diversamente? Chiese a sua volta.
"Non lo so.
Non rispose.
Voglio dire, non l'ha fatto, ma ha detto:
"Vieni, ti mostrerò le sorgenti.
Kelf la seguì.
Mezz'ora dopo se n'era andato.

Consultò l'orologio mentre la grande massa di roccia si chiudeva dietro di lui e tornò sui suoi passi.
dovevo pensare.
Kronos, le rampe di lancio; ma non potevo farlo, non senza aiuto.
Frida...
Mi sono ricordato.
Ora dopo ora, fino al momento in cui lui stesso doveva preparare qualcosa da mangiare, che divorò materialmente.
Poi ora dopo ora; venti in tutto.
Frida... che non è tornata, che forse non sarebbe più tornata
Doveva uscire di lì e riprovare.
Volmen... Beh, Volmen non lo avrebbe aiutato, nessuno lo avrebbe fatto, nella Grande Città.
Venti ore, durante le quali Kelf scrutò la grotta centimetro per centimetro, meditando, prendendo confidenza con essa, forse per ulteriori esplorazioni.
Una voce.
L'arma che teneva gli apparve in mano, e andò a nascondersi dietro le stalattiti che, come funghi, sembravano crescere dietro la sua schiena.
Ha aspettato, ed è stato pochissimo.

* * *

Stava trasportando diversi pacchi quando la vide entrare.
"Dove sei stato?
Frida lo guardò, sorridendogli. Fece qualche passo in avanti, si divincolò dalle loro mani e si avvicinò al tavolo, dove li lasciò andare.
"Ti ho fatto una domanda.
Ti ho sentito "si è voltato a guardarlo". Non l'hai visto? "Disse-. Sono uscito a comprare delle cose" si fermò leggermente e, avvicinandosi a lei, le fece una nuova domanda: Quando sei tornata?
Le mani di Volmen erano sulla sua vita, quando rispose:
"Presto, come ti ho detto. Una piccola fuga...
«Che a Crono non piacerà, quando lo scoprirà.
"Glielo dirai? Dai, dai, per strada ci sono dei Robot-Guardiani. È materialmente pieno.
"Sei geloso, e questo non è giusto, Volmen. Quella sensazione non dovrebbe contare, né per te né per nessuno, o è programmata.
"Sì, lo so.
Era appoggiato alle sue labbra.
Frida sporse la testa e offrì la sua, ma ruppe l'abbraccio, ridendo, non appena le mani di Volmen iniziarono a premerle la vita.

“Ora, Volmen, ho un lavoro. Tutto questo deve essere risolto.

"Dove sei stato? Disse, come se non l'avesse sentita.

"Shopping

“Me lo hai già detto.

E non è vero?

“Per fare la spesa dovevi alzarti molto presto, Frida.

"Perché la pensi in questo modo?

“Sono arrivato con la luce del nuovo giorno e tu non eri a letto.

“Sono uscito, come te. Una piccola fuga. Sai che lo faccio, a volte.

"Solo?

Le mostrò i denti in un sorriso.

"Non.

"Un essere diverso da te?

“Sì, ma non accadrà nulla. Accompagnami e basta. Siamo andati alla grande spianata. È uno straniero, e voleva vederla, conoscerla.

"E accompagnato da un altro Essere, biologicamente diverso dalla propria composizione biochimica?

"E perché no? Alvia è bellissima, Volmen

"Cosa intendi?

Frida gli si avvicinò.

"Niente, che tu non sappia" tese le braccia, e si lasciò stringere da quegli altri che la volevano ma niente di più, e poi si separò da loro e disse: ": stavo scherzando.

E mentire.

Frida inarcò un sopracciglio.

Come fai a essere così sicuro che io menti, che ti ho mentito? "Rise e aggiunse" Ero completamente solo, Volmen. Volevo esserlo, capisci? A volte mi capita.

Fu imposta una nuova domanda, e Frida la fece dopo qualche secondo di silenzio:

"E tu?

“Confesso che prima non potevo venire.

"Perché?

“Ma…” la guardò, esitante, e aggiunse “: Non l'hai ancora scoperto?

Si sedette, continuando a osservarla da vicino.

“Intendi Kelf?

"Sì.

“C'è non so cosa per strada… Ho visto i Robot-Guardiani e non ho voluto fare altre domande. Tutti gli abitanti della Grande Città sanno che Kelf è tuo amico.

"Era.

"Non più?
"No. Voleva distruggere Crono, e Crono ci dà tutto. Anche l'aria che respiriamo.
"E l'amore...?
"Anche amore, Frida. Come se l'avesse dato a Kelf, come se l'avesse dato a me. Bastava una parola per prenderti.
"Non contare su di me, vero?
"Non conti, in questo senso. Il tuo obbligo si riduce a uno: avere figli.
«Ce ne sono molti altri, Volmen.
"Quelli non sono importanti.
Frida tacque, non volendo proseguire su quel terreno, ma lo ruppe dopo un breve silenzio con una richiesta che, a giudicare dal suo tono, significava solo la curiosità che poteva provare per un fatto già compiuto.
"E Alvia?
"Nella Grande Casa.
"Per cosa è andato lì?
"Questa mattina l'hanno trovata addormentata e l'hanno portata via.
"Vogliono...?
«Crono ha detto di no, Frida. Ha dovuto accompagnare Kelf alla Grande Casa la scorsa notte, e Kelf l'ha drogata per andare completamente da sola. Come puoi vedere, non è colpevole.
"Come come ...?
"Crono sa tutto. È necessario che Kelf abbia ricevuto una chiamata ieri sera, dall'altro continente, e l'operatore l'abbia inoltrata alla Grande Casa. Lo stavano aspettando ed è scappato. Adesso lo stanno cercando.
"Credi che lo troveranno?
"Non?
Frida lo guardò attentamente, prima di rispondere:
"Ti ho semplicemente fatto una domanda, Volmen.
"Sì, è vero" la guardò, esitante, e aggiunse in tono pensieroso: "Oggi non potremo sdraiarci all'ombra della Fontana Centrale. Frida, né camminare sotto gli alberi.
"Perché? È quasi ora.
"Lascia perdere. Crono ha detto di andare dal presidente.
"La tua! "E c'era stupore nella sua voce." Per cosa?
"Non lo so. Il presidente dà un ordine e tu devi obbedire.
"Sì, loro comandano e noi ci limitiamo...
"Frida!
"Sì !?
"Non mi piace quando ti esprimi in quel modo.
"Scusa, Volmen, non succederà più.

"Tu dici sempre che.
"Ora manterrò la mia parola.
E stava pensando a Kelf, tra le braccia di Kelf, quando le diede la risposta.
Non ha risposto, ma ha specificato:
"Fammi da mangiare. Ho appena il tempo.
"Per andare alla Grande Casa?
"Sì è così.
Ora, quella che non ha risposto è stata Frida.
Le braccia di Kelf, le carezze di Kelf, i baci di Kelf.
Frida si voltò e lo lasciò solo, e non tornò al suo fianco finché non fu preparato il pasto di mezzogiorno.
Si sedette con Volmen.
Un'altra cosa, sarebbe stato sospetto.
Mangiarono con appetito, gli occhi sull'orologio sulla mensola del camino, contando i minuti che dovevano impiegare per farlo, entrambi in silenzio.
Quando ebbe finito, Volmen si alzò in piedi e lei seguì l'esempio.
"Stai già uscendo?
La domanda era superflua, poiché lei già la sapeva, ma Frida, in mancanza di meglio, la fece.
Volmen stava camminando intorno al tavolo, avvicinandosi a lei quando ha risposto:
"Mi stanno aspettando, Frida.
L'afferrò per le spalle, e poi fece scivolare le sue grandi e forti mani fino alla sua vita, mentre i suoi occhi d'agata la fissavano con compiacimento.
era appoggiato...
Frida lo baciò, accettando e ricambiando la carezza, e poi lo accompagnò alla porta.
"Quando tornerai?
"Non lo so
"Questa sera...?
"Non lo so, Frida. Dipenderà dal Presidente e forse dal Gran Consiglio.
"C'è un incontro?
"Sì.
"Ma tu non appartieni al...
"Lo so" lo interruppe, "ma devo andare. Crono lo vuole.
«Crono e sempre Crono e il presidente.
Frida pensava di sì, ma quello che ha detto è stato:
"Ti aspetterò tutta la notte.
Volmen non rispose e uscì in strada.
Frida si chiuse la porta alle spalle, e cominciò ad attraversarla in diagonale, approfittando del suo libero passaggio per farlo con gli occhi fissi sui Robot-

Guardiani che a loro volta osservavano la sua marcia apparentemente tranquilla verso la Grande Casa, e poi tornarono la loro attenzione alla strada e alla casa dove Frida era completamente sola.

La Spianata, la Fontana, l'ombra sotto la quale aveva abbracciato e baciato Frida... e i gradini che davano accesso alla Porta Grande.

E sei Robot di guardia.

Ma erano diversi da quelli che Kelf ha disintegrato.

Iniziò a salire le scale, notando come due di loro si fossero fatti avanti per incontrarlo.

Volmen non si è fermato.

La sua statura nordica alta e forte sembrava dominarli tutti, per brevi secondi, ma non era altro che un'illusione dei suoi sensi.

La scala era dietro.

Gli stavano bloccando la strada e non aveva altra scelta che fermarsi.

"Il presidente mi sta aspettando", ha detto. Sono Volmen.

"Lo sappiamo" rispose uno dei due. Dai, dai, ti accompagno.

Si voltarono, lasciando uno spazio tra di loro, e Volmen, senza dire una parola, si mise in mezzo, e così varcarono la soglia.

La stanza era diversa dalla nave occupata da Crono

Circolare e con un pavimento lucido, equivalente alla cera che si usava nel Novecento per tale compito, ma con un enorme vantaggio su quello; che non si è mai spento.

E il tavolo al centro.

Grandi, circolano anche lui, e il Presidente, con i Membri del Consiglio.

Sei, in tutto.

Uno per ciascuno dei Continenti, contando quello che millenni fa si formò al Polo Sud del Pianeta.

Volmen rimase colpito da quelle silenziose presenze ancor di più dallo sguardo brillante ed enigmatico del Presidente, il cui volto cadaverico, con le orbite infossate, e non meno gli zigomi infossati, sembrava avere lo stesso splendore del suolo su cui calpestava. immediato.

"Tu sei Volmen, che vive con Frida, vero?

Si sporse un po' più vicino, il suo fisso su quello del presidente.

"Perché chiedi se lo sai già?" rispose.

"Rispondi e basta.

Non rispose.

"Sei Volmen, vero?

"Io sono Volmen.

"E tu vivi con Frida?

"Vivo con Frida" ha ripetuto.

"Siediti.

Facendosi coraggio, Volmen lo fece nell'unica sedia disponibile, rendendosi conto che sarebbe stato giudicato dai Sei, per qualcosa di cui non aveva idea, e tremò.
Ma si sbagliava.

CAPITOLO V

E attese con gli occhi fissi sul presidente, notando come gli occhi degli altri lo scrutassero in silenzio, che era ancora molto più sinistro di qualsiasi minaccia.

«Sei un amico di Kelf.

Non era una domanda, ma un'affermazione, e Volmen ha risposto con le stesse parole che aveva già risposto a Frida pochi minuti prima:

"Lo era", rispose freddamente.

Il volto enigmatico davanti a lui non cambiò espressione.

"Spiegamelo, vuoi?

"Voleva distruggere Crono, e anche ogni Essere del Pianeta. A tutti i Robot-Esseri.

"E' un movente?

"Per me basta.

Seguì un silenzio, che si fece denso finché il Presidente si degnò di romperlo con voce strombazzata:

"Cosa sai su di lui?

"Da Kelf?

"Sì.

"Qualsiasi. A quanto pare, è riuscito a fuggire dalla Grande Città.

"Nessuno può sfuggire al potere di Crono o al mio.

"Lo so. Ma tu sei mortale.

"Cosa intendi?

"Che tu possa avere degli errori... ma no, Crono.

Un altro silenzio, ora più breve del precedente.

«Qualcuno ti sta aiutando, Volmen.

Rabbrividì a quell'affermazione detta allo stesso modo, con lo stesso tono, e senza che quel viso ermetico esprimesse nulla.

"Può essere. Kelf ha amici nella Grande Città. Li abbiamo tutti.

"Lo so anch'io. Tu sei uno di loro.

Per la seconda volta, Volmen rabbrividì.

"Stai cercando di accusarmi di averlo fatto?

"Non ancora, ma c'è qualcosa che voglio scoprire.

"E questo è.:.?

"La scorsa notte. Non eri con Frida. Uno dei Robot-Guardiani ti ha visto per strada, quando il sole stava sorgendo. Dove sei andato?

"Sono uscito a vedere..., a..." esitò un poco, e aggiunse, sapendo che doveva parlare, dire qualcosa: "Ho cercato di vedere Alvia.

"Perché?

"È bello.

"E Frida?

"È troppo. Ero addormentato e completamente solo quando sono arrivato. Quindi, Kelf era mio amico, e la visita, non programmata, ha solo una piccola penalità, e lei lo sa, Presidente. Sono tornato e quando sono uscito ho sentito l'allarme. Quindi mi sono nascosto, sapendo cosa sarebbe successo, avrebbero potuto scambiarmi per qualcuno, e a nessuno piace morire senza sensi di colpa. Stava sorgendo il giorno quando lasciai il mio nascondiglio, poiché le cose sembravano più tranquille, e tornai a casa.

Questo aveva tutti i segni di essere vero, e il Presidente ha posto una nuova domanda:

"Cosa ti ha detto Frida quando sei arrivata? Che domande ti ha fatto?

Volmen trattenne il respiro.

Alla fine, aveva capito.

Forse il Presidente, avvertito da uno dei Robot-Guardiani, aveva visto Frida fuori casa, come loro lo vedevano, anche se non se ne rendeva conto.

Lui ha risposto:

"Non era in casa.

"Non...?

Silenzio.

Terrificante, anche se non è durato molti secondi,

"Rispondi, Volmen; Dov'è andata Frida?

"Quando è tornata, a fine giornata, ha detto che era andata a fare shopping, ma io non le credevo.

«Quindi, secondo te, è stato fuori tutta la notte.

"Sì.

"Con chi?

Volmen aspettò la domanda e non batté ciglio.

"Forse con Kelf" rispose freddamente.

"Come lo sai?

"Non mi ha dato figli. Non prova amore per me.

«Crono l'ha assegnato a te.

«Lo so, e ho seguito quell'ordine, ma lei no.

"Perché?

"Per i bambini. Non me li ha dati né me li darà mai,

"Te l'ha detto Frida?

"Ci sono cose che non hanno bisogno di essere dette.

Il Presidente impiegò alcuni secondi per rispondere, mentre il resto dei membri del Consiglio taceva, ma prendeva appunti.

"Vattene ora

Fu sorpreso dal comando inaspettato, ma si alzò in piedi.

"A casa mia?

"Non farlo. Alvia è con Crono. Vai ad aiutarla e osservala. Alvia è preziosa per Crono e per il Consiglio.
"E Frida?
"Non fare niente se la vedi, se la vedi, capisci? Ma se è così, e lui chiede, puoi parlargli di questa intervista, ma decorala a modo tuo. E ora vai, Volmen. E attento ad Alvia. Mi rispondi con...
"So a cosa mi sto esponendo", rispose, girandosi per mettersi tra i due Robot-Guardiani che lo stavano aspettando.
Uscì, prima del silenzio della tomba.
Quando furono soli, il presidente li guardò, uno per uno, poi fissò gli occhi su Siegel.
"Che novità ci sono dal tuo Continente? "Chiedo.
Basso, tarchiato, sembrava un animale intelligente, non una qualsiasi altra cosa.
"Non siamo riusciti a trovare chi ha fatto quella chiamata.
"Com'è?
Siegel avrebbe potuto rispondere così per lo stesso motivo per cui Crono non riusciva a trovare il luogo in cui si trovava Kelf, ma fece attenzione a non menzionarlo, e ciò che rispose fu:
"È fuggito.
"Che cos'è ...?
"Semplicemente che è scappato. Quando i miei Guardiani hanno trovato il posto dove avrebbe dovuto essere, quella cosa non c'era più.
"Come lo spieghi?
Senza perdere la sua consueta calma, Siegel rispose:
"È andato come è venuto.
"Sì...? E dov'è finito? Crono vorrà saperlo
"Alle stelle. È venuto da lì, presidente.
"Dalle stelle...? È pazzesco! Una cosa delle stelle, che viaggia attraverso lo spazio verso di noi solo per avvertire Kelf di non... arrendersi. Mi stai prendendo in giro, Siegel.
"Sapevo che sarebbe stata la tua reazione..., ma ti porto la prova che sto dicendo la verità. Campioni del luogo in cui è atterrata la nave che trasportava e di come è stato lasciato tutto intorno quando è decollato.
"Dammeli!
E tese verso di lui la mano nodosa, munita di unghie lunghe e affilate.
Come se fossero quelli di un artiglio. E Siegel li ha consegnati.

CAPITOLO VI

Non riusciva a dormire, non poteva stare ferma, niente poteva nascere se non aspettare Volmen.

Temeva quell'arrivo.

E mentre meditava in quel modo, Frida pensò a Kelf, chiedendosi, nella sua mente, se fosse ancora dove lo aveva lasciato, se avrebbe mantenuto la promessa che aveva fatto di aspettarla.

Era vero che poteva uscire di casa subito, ma non meno vero che c'erano dei Guardian-Robot nelle vicinanze.

Sarebbe bastato che uno di loro la vedesse partire per avvertire la Grande Casa, e Crono l'avrebbe mandata a seguirla oa fermarsi, ed entrambi erano un male per Kelf e per se stessa.

Lì l'avrebbero fatta parlare.

Avrebbe dovuto, anche se non avesse voluto.

Pensò ad Alvia.

Ancora nella Grande Casa o con Volmen?

Potrebbero essere insieme, ovviamente, sulla nave da cui Crono ha diretto i destini della Grande Città e del Pianeta.

La finestra e il letto, il letto e la finestra, finché alla fine, completamente arresa, Frida si addormentò.

Quando si svegliò, erano le dodici del nuovo giorno.

Volmen non era tornato.

Andò alla finestra.

La strada, a quanto pare, era la stessa di tutti i giorni, ma c'erano dei Robot-Guardiani che la pattugliavano da un posto all'altro.

Frida si è allontanata da lì.

L'intensa ricerca di Kelf continuò, era come se Crono avesse la completa certezza di non aver lasciato la città.

Frida ricordava cosa era programmato per quel giorno, ma Volmen non era al suo fianco per aiutarla a completarlo.

Fai tutto da solo?

La Fontana, la passeggiata, gli alberi, l'amore accanto alle acque sussurrate di un ruscello.

Era ridicolo!

Il cibo era pronto, ma riusciva a malapena a mangiare un boccone, e quando ebbe finito, ancora una volta, andò alla finestra.

I Robot-Guardiani erano spariti.

sorrise.

Aspetta la notte.

Ore di impazienza, nel corso delle quali Volmen poteva presentarsi, e non voleva in alcun modo.
Uscire per strada?
Anche se non voleva, doveva farlo.
Il presente, ciò che ne restava, era solo per lei, perché apparentemente Crono aveva dimenticato di governare il suo destino, anche se solo per il momento.
Fatto.
Sulla porta, sul marciapiede, Frida si guardò intorno e si mise a camminare.
Era soddisfatta.
Tutto sembrava calmo, calmo, come se Kelf non fosse esistito o come se il fatto non fosse mai stato consumato, ma non era così.
Si guardò indietro.
Niente né nessuno.
La folla, andando a braccetto con l'altra folla dell'altro sesso, o semplicemente al loro fianco, si muove lentamente verso i luoghi di ricreazione, ricreazione, programmati in anticipo.
Si toccò i seni.
Dentro, tra la carne e la stoffa di cui era vestita, riposava la pistola a raggi cosmici, capace di polverizzare uno di quegli edifici che aveva alla sua destra o alla sua sinistra.
Svoltò a sinistra appena raggiunta la seconda svolta, e continuò a camminare sul marciapiede, apparentemente indifferente a tutto ciò che accadeva intorno a lui, anche se non era così, tutt'altro.
Li vide, pochi minuti dopo.
Due Robot-Guardiani, uno in ogni telaio della porta che dava accesso all'interno della casa abitata da Kelf, in compagnia di Alvia.
Frida fece per indietreggiare pensando di averlo già previsto, ma anche loro l'avrebbero fatta scoprire.
Si avvicinò, andò a fare una domanda, ma il Robot era in anticipo sui suoi desideri.
“Tu sei Frida, vero?
"Sono io quella che dici" rispose lei, cercando di non perdere la calma.
"Cosa vuoi?
Vedi Alvia.
"Perché?
Gli occhi metallici del Robot erano fissi nei suoi, e Frida si chiese se stesse già trasmettendo la sua risposta, e anche la sua immagine parlante, alla Grande Casa.
"È il mio amico" ha risposto. Il presidente lo sa.
"Non è sufficiente.
"Perché?

"Non sono programmato per rispondere alle domande, ma per farle. Vattene, Frida.

La ragazza si morse il labbro.

Dove posso vederlo?

"A chi?

"Ad Alvia.

"Nella Grande Casa, ma non potrai passare. Vai a casa, Frida, e riposati.

Si voltò, voltando le spalle, e continuò a camminare, ora in retromarcia. In una delle vie principali andò a vedere uno spettacolo pubblico, con lo spirito disposto a sfruttare al meglio le ore che mancavano al calar della notte, ma non ci riuscì.

Il pensiero, e soprattutto il ricordo di Kelf, non la lasciò.

Amava Kelf, lo aveva sempre amato, ma Crono l'ha mandata a vivere con un Essere come Volmen.

Le stelle, le luci brillanti che come soli trasformavano la Grande Città in un tizzone di luce.

Frida iniziò a camminare.

Allontanandosi sempre più da quella che nel Novecento veniva chiamata l'area urbana della città, cercando una via d'uscita.

Non voleva prendere un veicolo, sapendo che prima o poi il Robot-Driver avrebbe chiamato Crono, dicendo che l'hanno vista fuori casa a quell'ora, Trampolini di lancio...

Senza saperlo, Frida stava pensando alla stessa cosa che già pensava Kelf, per arrivare, dopo pochi secondi, alla stessa conclusione di quella.

Il Presidente o Crono avrebbero lanciato navi alla loro ricerca, le avrebbero disintegrate molto prima che potessero lasciare la Galassia in cui si muoveva il Pianeta. Galaxy I. È stato orribile.

Due Guardian-Robot apparvero quasi davanti a lei e, con uno sguardo terrorizzato mentre la sua mano destra si avvicinava ai suoi seni, saltò nel portale oscuro che aveva in pugno, un paio di metri alla sua destra e avanti. sua.

Aveva in mano la strana pistola quando colpì una delle pareti e prestò attenzione ai suoi passi metallici sul marciapiede che aveva appena lasciato.

Li sentì parlare e il suo cuore, nonostante fosse armato, affondò.

Ma sono passati.

Frida sospirò soddisfatta, ripose l'arma, uscì dal portale e continuò a camminare.

CAPITOLO VII

"Kelf..., Kelf... Ci sei, Kelf...?
Fece ancora un paio di passi sotto la cupola di stalattite e sussurrò:
"Dai, Kelf... ci sei...?
Allora lo vide apparire davanti ai suoi occhi e venire da uno degli angoli
della caverna, non sorridendo, ma esaminandola dalla testa ai piedi, proprio
come se non l'avesse mai vista prima.
"Ci hai messo molto tempo, Frida. Una ventina di ore "guardò l'orologio".
Alle undici "ha detto", giorno o notte?
«È notte, Kelf. Incidilo nella tua memoria, nel caso un giorno non potessi
venire. Oh, Kelf...!
E con un leggero grido, corse tra le sue braccia.
Dopo averla baciata, ancora tra le sue braccia, le sussurrò:
"Vieni, Kelf, ceneremo insieme. Non l'ho ancora fatto.
La afferrò per la vita e si avvicinarono alla piccola grotta dove avevano
passato la notte prima.
"Resterai?
"Sì.
"È pericoloso.
"Lo so.
"E anche così...?
"Comunque, lo farò.
Ma fu solo a metà, quando Frida cominciò a parlare seriamente.
"Ero a casa tua" iniziò.
Lo guardò negli occhi.
I grigi di Kelf erano impassibili.
"S...?
"Non riuscivo a vedere Alvia.
Kelf aspettò, apparentemente disinteressato a ciò che aveva da dire, ma non
lo era, e Frida capì.
"C'erano Watch Robots-Guardians. Ho parlato con uno di loro, Kelf.
Continuò a tacere così la giovane donna continuò:
«Mi ha detto che era nella Grande Casa. Con Kronos o con il Presidente.
Che non sono riuscito a scoprirlo.
"E Volmen?
Frida fece una smorfia di disgusto.
"Sono con te, vero?
"È una risposta?
«Lo è, Kelf. Ti voglio bene; Ti ho sempre amato, e ora non credo che tu
possa dubitarne,

Ma c'era qualcosa di più importante di quello, ed entrambi lo sapevano.

Fu lo stesso Kelf a mettere il dito sulla piaga, come si suol dire, chiedendo:

"Quanto tempo starò qui, Frida?

Lo guardò negli occhi.

"Uscire significava morire per te.

"Rimanere qui, almeno per me, ha lo stesso significato.

"Spiegamelo, vuoi?

"Questo è bello, se non fosse così sinistro, almeno nel suo significato. Puoi visitare ... con un altro Essere del sesso opposto.

"Come nel nostro caso?

"Sì, lo è, ma per poche ore, e non per sempre, capisci?

"Penso di sì" lo guardò pensierosa, e continuò con una domanda: "Cosa hai intenzione di fare, Kelf?

E c'era angoscia nella sua voce, che lui finse di non sentire.

"Esci.

"Stasera? È pazzesco.

"Stanotte no, Frida, perché ti ho qui, ma lo farò appena smetterai di venire.

"Non lo farò mai.

"Volmen ti cercherà. Lo farai ora, se non lo stai già facendo. Non appena si accorge della tua assenza, avviserà uno qualsiasi dei Robot...

"E questo ti preoccupa, Kelf?

"Sì. A te no?

"No." Si fermò leggermente e aggiunse: "Ascolta, Kelf, c'è una via d'uscita. Hai capito bene? Lancio di rampe. Tu hai un'arma e io ne ho un'altra. Possiamo finire con il Robot-Rocket e ...., e . .. Ti accompagnerò tra le stelle Voglio stare con te per sempre, Kelf.

"Ci finirebbero prima che uscissimo da Galaxy I.

"Moriremo insieme.

"Non andrà...

Frida lo interruppe, quasi violentemente:

"Sarà così, è deciso. Non posso tornare dalla parte di Volmen. Non posso né voglio, capisci? "Ha esitato un po', e ha continuato, dopo qualche secondo di silenzio": Proverò a controllare di persona la vigilanza che c'è sulle rampe, e tornerò al tuo fianco. Se tutto va bene, usciamo insieme e...

"Andrai ora?

Frida gli sorrise.

"No. Partirò all'alba e, per la tua tranquillità, ti dirò che non entrerò nella Grande Città. Da qui, le rampe possono essere raggiunte, senza che nessuno dei Robot-Guardiani mi veda. Andiamo , finire la cena.

Non rispose, ma il suo agile cervello informatico funzionava al massimo delle prestazioni finché, finalmente, cenarono.

Poi la domanda sorse sulla bocca di Kelf:

«Ancora non mi hai detto se hai visto Volmen, Frida.

Si avvicinò a lui, gli prese una mano e quasi lo costrinse a circondarle la vita.

"È necessario, Kelf? Le chiese in un sussurro e sfiorandole l'orecchio destro con le labbra.

"Penso di sì.

"Ok, ho visto Volmen.

"S...?

"Mantengo sempre le mie promesse,

"Niente di più?

"Potrebbe esserci qualcos'altro?

"No, forse no," replicò Kelf pensieroso, "ma mi piacerebbe sapere cosa è successo.

Così Frida gli ha spiegato tutto.

"Niente di più...?

"Ma, Kelf... io...

Lo stava già baciando senza finire la frase, così ora l'abbraccio tra i due durò a lungo, e tuttavia Frida lo lasciò con l'alba esattamente come aveva promesso.

La roccia si chiuse alle sue spalle e, davanti a lei, già illuminata dalla chiarezza del nuovo giorno, vide il sentiero che avrebbe condotto a quell'altro che chiudeva il passaggio e conduceva direttamente a casa sua, senza prendere la deviazione che aveva preso la sera prima. per andare a trovare Kelf, evitando così di tornarci, nel caso si imbattesse in Volmen.

poi esitò

Ancora una volta, e ora in pieno giorno, dovette fare un'ampia deviazione, verso le rampe di lancio, senza passare, come aveva già detto a Kelf, per la Grande Città, dove l'avrebbero aspettata. Volmen, tra di loro. Volmen e Alvia.

Continuò a camminare, la mano destra all'altezza del seno, per alcuni minuti.

Erano sei, che apparvero alla sua vista da altrettanti punti e, quando li vide, capì che tutto era perduto.

Anche Kelf, il suo amante di poche ore, lo era. Alzò la mano e tirò giù quel tipo di camicetta che indossava, il tessuto si strappò e l'arma le germogliò in mano.

Pazzo di terrore, terrorizzato, l'aggressione è iniziata dal.

Riprese.

Davanti ai suoi occhi c'era una scintilla blu, una lingua di fuoco, e il Robot-Guardiano scomparve dalle sue retine mentre l'albero proprio dietro di lui

divenne un marchio che svanì anch'esso nel giro di un quinto di secondo.
Non senza che Frida si fosse accorta dell'ondata di caldo sulla schiena che l'aveva quasi fatta cadere a terra.
Il secondo raggio cosmico gli sfiorò i capelli e si perse nella montagna, con il rombo del tuono, e premette il grilletto una seconda volta.
Un altro dei Robot scomparve dal pianeta, si trasformò in scintille multicolori, ma Frida non lo vide mai perché in quel preciso momento uno dei raggi la colpì.
Non si è accorto di niente.
È semplicemente scomparso.
Per terra, dove erano stati i suoi piedi, c'era solo una leggera macchia sull'erba.

* * *

"Mi stai guardando, Volmen?
"Me...?
Ci fu un silenzio, mentre lui la fissava.
Entrambi erano nella casa di Kelf, dopo essere stati sottoposti, ancora una volta, ma ora in comune, a infinite domande.
Poi lasciarono la Grande Casa, molto vicini tra loro, e quella sera, dopo cena, la domanda sorse sulle sue labbra.
"Non rispondi? Dai, Alvia, cosa te lo fa indovinare?
Si guardò intorno.
"Tutto questo", disse, con una strana intonazione nella voce. È stato Crono a ordinarlo o l'ha semplicemente fatto il presidente?
"Non ti capisco.
"Non...?
«Certo che no, Alvia. Ho parlato con Crono e con il Presidente. È vero, e lo sappiamo entrambi.
"Riguardo a cosa?
"Di te. Gli ho chiesto di farti venire con me.
"S...?
"Ora sei qui.
"Il che significa che hanno accettato, giusto?
"Sì è così.
"Non mi piace.
Volmen la guardò sorpreso
"Perché? "chiedo". Mi hai sempre voluto bene, Alvia.
"Sì," rispose lei, imperturbabile, con terrificante freddezza. Ma non in questo modo.

"Ce n'è un'altra? Crono sceglie e nient'altro. Ora Frida non conta. La stanno cercando con l'ordine di ucciderla, di farla sparire dal pianeta. Sanno che ha aiutato Kelf.

"E fagli sapere che te ne sei occupato, giusto?

"Sì, è così. Quello che sento è non sapere dove sia.

"Vuoi andare a trovarlo?

"Ovviamente.

"Solo?

"Sì.

Alvia lasciò trascorrere qualche secondo di silenzio, poi, all'improvviso, tornò a quello che aveva detto prima.

"Stavamo parlando di Crono.

"Lo so. Hai detto...

-Che non mi è piaciuto.

"Perché?

"Perché i miei sentimenti non contano. Né il mio né gli altri. Solo il sesso opposto. Tuo, Volmen. Tutto quello che devi fare è chiedere, desiderare e Crono lo concederà.

"E non ti piace?

"Non.

"Non con me?

«Nemmeno con te, Volmen.

Socchiuse gli occhi.

«Parli come Kelf, Alvia. È così, anche se non te ne rendi conto.

Alvia lo guardò male.

"Non sto pensando come lui, tutt'altro", ha dichiarato. È una sensazione. Un'idea.

"Non ci sono idee, Alvia.

"Così dice Crono, ma pensare... beh, non svanisce. E nemmeno il diritto di avere idee.

"Sono stati cancellati quando Crono è entrato nel Potere del Pianeta.

Alvia non voleva litigare e, vedendo che taceva, Volmen si alzò, fece il giro del tavolo e si avvicinò.

Le sue grandi mani andarono alle sue spalle e Alvia alzò la testa per guardarlo.

Era appoggiata alle sue labbra... e lo voleva come non ha mai voluto niente, ma istintivamente si staccò da lui quando lui cercò di baciarla.

Volmen, senza lasciarsi andare, la guardò attentamente.

«Che ti succede, Alvia? "Chiedo.

"Kelfo.

Volmen la lasciò e fece qualche passo indietro. Poi imprecò sottovoce.

"E Kelf?
"Vite ancora.
«Questo non conta per Crono.
"Ma sì per me" lasciò il posto dove era seduto e lo affrontò apertamente aggiungendo "Se vuoi, Volmen, puoi dirlo al Presidente. Uccidi Kelf, e mi avrai, ma non prima.
"Non ti dirò niente di tutto questo. Né Crono né...
Non lo ascoltavo più.
Voltandosi, Alvia si allontanò da lui, dirigendosi verso la porta che conduceva alla camera da letto.
Volmen non si mosse, si limitò a guardarla, finché all'improvviso non la chiamò.

CAPITOLO VIII

I quattro si guardarono.
Il silenzio fu impressionante, finché uno di loro non lo ruppe con una domanda:
"Hai visto la roccia?
"L'abbiamo visto.
E Kelf potrebbe essere indietro.
"Kelf è indietro" ha affermato il quarto. Ma devi stare attento. Crono ha preparato qualcosa per lui, molto peggio della morte.
"Sai?
"Non farlo. Solo l'ordine. Deve essere vivo, o ci distruggerà.
Non parlavano più.
I quattro Robot-Guardiani cominciarono a separarsi l'uno dall'altro, tracciando un semicerchio mortale, al centro del quale si trovava l'enorme roccia che chiudeva l'ingresso alle viscere del Pianeta.
Poi si sono fermati.
La distanza era conveniente.
Ora o mai più.
Il Robot-Guardiano-Capo lo pensava, ma non lo disse.
Alzò semplicemente la mano armata e il fulmine si spense.
La roccia fece uno scatto, una scintilla e schioccò in lungo e in largo, ma non cedette.
"Ora dovete stare attenti" disse agli altri che, come statue, completamente immobili, contemplavano la scena.
Regolò la pistola e la sollevò.
Dall'altra parte della roccia, al centro della caverna, Kelf balzò di lato, portando il suo, e si aggrappò a una delle pareti, con gli occhi fissi dall'altra parte, verso l'ingresso, che sembrava chiuso a chiave. e cantando.
Il terreno tremò.
Sopra la sua testa, le stalattiti scricchiolavano minacciosamente.
Un'altra raffica di quel tipo e il tetto crollerebbe, seppellendolo.
Pensò a Frida.
Che ne era di Frida?
L'hanno vista uscire di lì?
Era la cosa più sicura da fare, oltre al fatto che l'avessero seguita fino all'ingresso della caverna, ma non abbastanza a lungo per entrare.
Il resto, il resto, era spaventosamente semplice.

Mentre, ignari di ciò che stava accadendo fuori, si amavano e si abbracciavano, la Morte li stava perseguitando.
Alvia e Volmen nella Grande Casa.
Frida glielo aveva detto, e Volmen...
Ebbene, è riuscito a mettere in secondo piano il Presidente, sospettando giustamente che fosse con lui, che dovesse essere seguita, che ci fosse...
Qualcosa come un tuono lontano esplose davanti a lui, vide la luce, quasi accecandolo, e la roccia d'ingresso si polverizzò, esponendo l'ampio varco.
E la limpidezza del sole, appannata dalla polvere e dai detriti che cominciavano a cadere dal soffitto.
Aggrappato alle pareti, sudando, respirando l'odore nauseabondo della pietra fusa, Kelf barcollò di qualche passo verso il varco che ora stava cominciando a vedere con perfetta chiarezza.
Con più chiarezza ogni secondo che passava, e man mano che la polvere diminuiva, mentre dietro di lui, mentre la lasciava, il soffitto cominciava a crollare, con fragore dell'inferno.
Fuori, molto vicino all'ingresso, i quattro Guardian-Robot stavano aggiustando le loro armi per NON UCCIDERE.
Dentro, con la schiena premuta contro i bordi ruvidi della roccia, Kelf scivolò verso l'uscita.
Sapeva che doveva sbrigarsi, altrimenti non l'avrebbe mai raggiunta.
"Kelfo...
non rispondo.
Dietro di lui, il tuono del crollo aumentò di intensità.
L'intera montagna ondeggiava.
«Kelf... Esci da lì, Kelf... o morirai. Crono vuole vederti. Vuole che ti presenti al Consiglio. Lo vuole anche il presidente.
Pensò a Frida.
Che cosa avevano fatto con Frida?
E lui non ha risposto.
Continuò ad avanzare, la canna corta e spessa della pistola puntata in avanti e il dito teso sull'autoscatto.
Quante accuse gli erano rimaste?
Non lo sapeva né gli importava, in quel momento.
Il terreno si aprì quasi ai suoi piedi, e lui barcollò ulteriormente, aggrappandosi alle sporgenze della parete rocciosa con le dita e le unghie della mano sinistra.
Il movimento del terreno si stabilizza.
Erano passati pochi secondi, forse meno, e forse si sarebbe aperto del tutto, portandolo con sé nelle profondità del pianeta.
"Kelfo...

Il rumore quasi lo assordò, così non sentì quella nuova chiamata.

A pochi metri dal suo corpo, qualcosa cadde dal soffitto e la nuvola di polvere lo avvolse, facendolo tossire.

Poi saltò, ma non atterrò in piedi dall'altra parte della soglia, ma rotolò su se stesso, mentre i raggi che ora gli mandavano, paralizzanti, sospettava, gli facevano leggeri clic intorno.

Ha aperto il fuoco.

Una, due, tre e anche quattro volte, e li vide bruciare in una vampa infernale, e scomparire alla sua vista, come forse scomparve Frida.

Si alzò in piedi, facendo un respiro profondo.

Dietro di lui, sempre dietro di lui, con uno schianto orribile, il soffitto della caverna crollò, e il movimento sismico che produsse lo gettò prima a faccia in giù, per poi rotolare a parecchi metri di distanza.

Rotto, ansimante, sudato, contuso e graffiato, Kelf si alzò in piedi, ancora impugnando l'arma.

Dopo il terremoto dopo il fragore del crollo, il silenzio era impressionante. Kelf si guardò indietro.

Più di mezza montagna era sprofondata nell'interno del Pianeta, e davanti ai suoi occhi c'era solo un desolato panorama di rocce rotte, alberi frantumati e crepacci, orribili crepe nella terra e nella roccia.

Distolse gli occhi e si guardò intorno.

Kelf ha chiamato Frida.

Una, due, molte altre volte, e poi passò più di tre ore a cercarla, finché non si convinse che non l'avrebbe più vista.

Poi ha iniziato a camminare.

Il cosiddetto laboratorio moderno della fine del Novecento, nel suo tempo lontano.

Il gas letale, scoperto per caso, le esplosioni dal tubo di vetro nelle sue mani...

Continuò a camminare verso l'ingresso che dava accesso al tunnel che doveva condurlo alla casa di Frida.

Volmen sarebbe stato lì ad aspettarla, ma lei non sarebbe mai venuta.

Frida aveva cancellato, una volta per tutte, tutti i suoi appuntamenti.

Il gas... l'esplosione, e poi il risveglio.

L'Ospedale Centrale della scomparsa Washington, capitale federale degli Stati Uniti d'America.

Il letto e i suoi occhi...

I suoi occhi; aveva perso la vista.

Le bende intorno alla testa e la mutazione.

Non c'era speranza, ma la mutazione avvenne dentro di lui, senza che fossero usati mezzi umani per farlo, ei suoi occhi riacquistarono chiarezza, vista.

Il gas letale, la formula perduta... e il suo segreto...

Poi il Washington Research Center e tutto il resto.

Per generazioni, le sue cellule morte sono state espulse dal suo corpo da quelle viventi e la sua composizione biochimica è stata continuamente rinnovata... come in un'antica reazione nucleare a catena.

Quello era il suo corpo, una reazione a catena dei milioni di cellule che lo componevano, producendo una vita che poteva durare all'infinito... se Crono non avesse deciso diversamente, e apparentemente aveva già deciso.

Il corridoio, la porta d'ingresso.

Kelf impiegò ore per arrivare a casa di Volmen, ma ora la sua visita era di un tipo diverso. Non potevo più vedere Frida lì, ma potevo vedere Volmen.

Anche se non avesse voluto, le avrebbe detto cosa ne pensava il Consiglio.

Tutto quello che gli interessava sapere, compreso il numero di Guardian-Robot sulle rampe, e se avesse potuto... l'obiettivo erano le stelle.

Forse c'era una via di fuga lì.

La porta, che si chiude.

In altre parole, il portello sopra la tua testa.

Kelf la sollevò e ascoltò senza far cadere l'arma.

Quante spese ti restano...?

Non finì nemmeno di fare la domanda, il silenzio all'interno della casa era assoluto, così finì di sollevarla, ed entrò nella stanza.

Si ricordava di Frida.

La ricordava mentre perquisiva la casa.

Volmen non c'era.

Nella sua, amorosa Alvia?

Era possibile, se l'ordine fosse arrivato da Crono o dal presidente.

La strada.

Si aggrappò ai muri e camminò, cercando di restare nell'ombra, con la schiena premuta contro le facciate delle case, nella Grande Città che ora, per il suo silenzio, somigliava alla Città dei Morti.

La porta.

Kelf esitò.

Tutto intorno a lui, silenzio.

Lo stavano ancora cercando.

Questo era tutto; Crono voleva che le strade fossero completamente prive di pedoni e traffico stradale.

Solo i Robot-Guardiani sarebbero autorizzati a passare, a piedi o su veicoli a razzo.

Si frugò nelle tasche.
Il tasto; Ce l'avevo ancora.
Aprì, chiuse allo stesso modo, senza produrre un solo suono, ed entrò, nel corridoio antistante la cosiddetta sala da pranzo, dove le sedie e i tavoli apparivano dal pavimento, premendo un semplice pulsante, da uno dei pannelli in il muro.
Nulla di tutto questo era in vista, quindi sospettava che sia Alvia che Volmen si fossero distinti per la loro assenza.
Attraversò la stanza ed entrò in camera da letto.
Là aspettò finché non li sentì entrare.
Kelf andò alla porta e ascoltò.
Mezz'ora... una?
Forse fu molto meno quando si allontanò da lì per andare a stare all'estremità opposta della camera da letto.

* * *

"Alvia.
Con la mano che sfiorava la porta, si voltò a guardarlo. "Sì.
Non veniva.
Volmen lo pensava, ma non lo disse.
"Quella telefonata..." cominciò.
La vide sorridere.
Si stava umanizzando, come credeva.
"Ce l'hai fatta. E hai mentito a Crono.
"Tutti mentono a Crono... ma lui non lo sa. È l'unica cosa che non puoi sapere. D'altra parte, mi hai dato l'idea.
"Lo so. Ma era solo quella, una possibilità.
"Hai dimostrato di conoscerlo bene... o gli hai letto nel pensiero.
«Non leggo niente nella mente, Volmen, ma, come dici tu, conosco Kelf, sapevo che stava tramando qualcosa e te l'ho detto. Il resto... l'hai fatto tu. Ora, se mi sbagliavo... Rise.
"Sarebbe successo lo stesso. Crono avrebbe agito allo stesso modo. L'operatore e quella chiamata dall'altro continente erano sufficienti per distruggere Kelf, anche se era una bugia. Capisci
"Sì, credo di sì" fece una pausa, cosa che Volmen non interruppe, e aggiunse, dopo alcuni secondi di silenzio: "È venuto dalle stelle, come dici tu, vero?" Come come ...?
Volmen fece un passo avanti e lei ne fece un altro verso di lui.
Rise ancora una volta quando si trovarono uno di fronte all'altro, quasi toccandosi.

"Ho usato una delle navi rampa. Ho distrutto il robot-razzo e...
"Volmen!
«Non c'è pericolo, Alvia. Il viaggio dura solo pochi minuti... lunga distanza, e l'avvertimento a Kelf. Avrei voluto che qualcuno rispondesse alla chiamata, nel caso avessi sbagliato nei tuoi sospetti, ma non lo erano, e Kelf, nonostante tutto, si è comportato come ti aspettavi. Poi... Beh, dopo la chiamata, sono tornato. Questione di minuti, Alvia.
Si avvicinò, cosa che sembrava del tutto impossibile.
E non mi hanno visto. Né alla partenza né al ritorno. Sono stato in grado di farlo da qui. Chiedi il continente e, attraverso di esso, la casa di Kelf nella Grande Città, ma l'operatore se ne sarebbe accorto. Ora siamo entrambi.
Non disse nulla, ma fece un passo indietro, allontanandosi un po'.
"Alvia.
"Sì?
"Io resto. Hai capito bene?
Scosse il capo.
«Kelf è ancora lì, come ti ho detto.
Fece un passo indietro; alla porta.
Volmen non si mosse, si limitò a fissarla.
"Crono ha detto...
"Me lo hai già spiegato prima, e la risposta è la stessa.
"Kelfo...?
«È così. Non conta, ma continua a vivere. Lui e Frida.
«A Crono non importa.
Stava aprendo la porta quando inclinò la testa per guardarlo.
«Ne abbiamo parlato prima, Volmen.
Finì di aprirlo e Volmen rimase lì al centro della stanza, gli occhi fissi sulla schiena.
Vide anche come lo chiudeva, dopo aver varcato la soglia.

* * *

Alvia stava aprendo la porta.
Odiava Alvia; L'aveva sempre odiata, e non per se stessa, ma per Crono.
Poi vennero i bambini, e lui la odiò ancora di più; quasi con un odio irrazionale, tipico di una bestia lurida
Come lo odiava.
Kelf ne era sicuro.
Si stava chiudendo dietro di lei, e lei sbatté leggermente le palpebre quando accese la luce.
"Il tuo!

Era un sussurro, molto lieve, ma tuttavia udì con perfetta chiarezza.

Lo stava puntando verso di lei, e lei lo guardava con gli occhi spalancati.

"Da...-, da quando sei qui, Kelf...?

Un nuovo sussurro, ma chiaro, limpido come il tubo di vetro che millenni fa era esploso nelle sue mani, causandogli la cecità.

"È passato molto tempo, anche se di certo non lo so. Dai, Alvia, vai avanti e siediti. Là sul letto. È un buon posto per te; il meglio.

"Kelfo...

"Siediti.

"Kelfo...

"Sì...?

"Cosa... cosa hai intenzione di fare con me?

"Potrei finire subito, ma non voglio. Non lo voglio, nonostante tutto, capisci? Ma posso cambiare idea. Sta a te decidere.

"Cosa devo fare? Sai della chiamata...?

Kelf ha risposto, invertendo l'ordine delle domande, dando la risposta:

"L'ho sentito. Riguardo all'altro... siediti.

Lei per il momento non rispose, gli si avvicinò, gli passò accanto, sfiorandolo, sfiorando anche la canna dell'arma, che continuava a puntarla tra i suoi seni, e si sedette dove Kelf le aveva indicato.

Pensando se Kelf avrebbe saputo che Volmen era nella stanza attigua, in cui serviva da sala da pranzo, e disse di sì, poiché sosteneva di sapere della chiamata dalla terraferma; l'avevo sentito.

Ma quello che ha ripetuto è stato:

"Cosa hai intenzione di fare con me?

"Parlare.

"Solo quello?

"Sì.

Alvia si guardò intorno.

«Ti stanno cercando, Kelf. Crono ti sta cercando in tutto il pianeta.

"Ciò significa che pensano che sia riuscito a fuggire dalla Grande Città.

"Questo non significa niente, e tu lo sai.

Era una verità; più di questo, una grande verità.

"Lo so" rispose, "Cosa hai intenzione di fare con me? Lo sai. Eri nella Grande Casa, con Kronos e Volmen.

"Amo Volmen.

"Lo so" sorrise. Di recente ti ho sentito dire che non ti avrei avuta finché non fossi stata uccisa. Se lo fa, Alvia, Kronos e il Presidente vi finiranno.

"Lo so anch'io.

"È stato un cambio di discorso e Kelf non lo voleva, quindi ha continuato come all'inizio.

"Parla, Alvia" disse. Ti sto ascoltando. Cosa ne pensa la Grande Casa?
"Non lo so. E ora puoi finirmi, Kelf. Non sbatterò le palpebre né tremerò davanti a te. Cosa stai aspettando?
"Un'altra domanda.
"Sì...?
«I Robot-Guardiani delle rampe, Alvia.
Lo guardò con gli occhi spalancati.
"Sei pazzo, Kelf, se pensi di lasciare il Pianeta in quel modo!
"Ci proverò..., e forse deciderò di portarti con me.
"Crono non lo permetterebbe.
"Ma io sì... e lui è molto lontano... nonostante lo tenga così vicino. Almeno per te.
Stava pensando a Volmen, che non entrava, che era lì, a pochi metri da loro, e che portava anche un'arma.
Replica esatta di quella che Kelf teneva in mano.
"Non lo farai.
"Perché?
«Perché ti ucciderei, Kelf, anche se fosse vicino alle stelle. Mi hai sempre odiato perché non ho mai voluto darti un figlio e perché Crono mi ha mandato da te, quando volevi Frida.
Alzati, Alvia.
"Quella...?
"Che ti alzi... e cammini verso la porta
"Per cosa?
"Voglio vedere Volmen. So che è lì da quando è entrato con te. Crono l'ha mandato, ma non per quello che pensi.
"Cosa intendi?
"Crono non è ancora sicuro di te, della tua partecipazione al mio tentativo di distruggerlo, e ti sta guardando. Nessuno meglio di Volmen per farlo. Non ci sono sentimenti, sono proibiti sul Pianeta, Alvia, ma non quando fa comodo a Crono. È la verità.
"Non puoi affermarlo.
"Maggio. Io sono l'unico che può, e lo sai anche tu.
Alvia si alzò, lasciando il bordo del letto, e si voltò verso la porta, cominciando a camminare.

CAPITOLO IX

Fece solo due o tre passi, si fermò e lo affrontò:

"Cosa vuoi da Volmen, Kelf? Uccidilo?

"Ti parlerò di Frida. Come Crono l'ha lasciata. Dai, cammina.

Alvia si voltò dall'altra parte, fece un altro passo e la porta si aprì per incastrare Volmen sulla soglia.

Si portò le mani al seno, si fece da parte, ed entrambi premono i grilletti contemporaneamente, ei due raggi cosmici trovarono la loro destinazione.

Volmen scomparve con un lampo di luce, il muro alle sue spalle dopo aver letteralmente forato la cosiddetta sala da pranzo, la porta che dava accesso alla strada e lì si perse contro il muro della casa sul marciapiede opposto, non senza lasciare un enorme gap, muta testimone del suo passaggio.

Da parte sua, Kelf lo ricevette a petto pieno, si voltò completamente e cadde a terra con le braccia e le gambe incrociate, come una bambola sconnessa.

Con gli occhi spalancati, guardandola, vedendola chiaramente, ma incapace di muoversi o dire una parola.

Consapevole di ciò che stava accadendo intorno a lui, ma completamente paralizzato.

La vide chinarsi su di lui, sorridente, avvicinarsi sempre di più alle sue labbra, baciarlo, prendergli la pistola di mano e avvicinarsi al pannello della parete.

Lo spiegò senza perdere il sorriso, prese il microtelefono automatico, se lo portò alla bocca e disse:

"Kelf è qui con me. Vieni a trovarlo.

Si voltò a guardarlo, dopo aver chiuso il pannello, e si avvicinò.

«So che mi stai ascoltando, anche se non mi vedi, Kelf, hai capito? E questa è la tua fine. Io... io mi unirò al Consiglio. Io prenderò il tuo posto a tavola e tu... sparirai, ..

Stavano bussando alla porta.

Si allontanò da lei e l'aprì.

Gli occhi di Kelf la seguirono anche nei suoi minimi movimenti, mentre affrontava i due Guardian-Robot che erano venuti a portarlo via,

Era bella, molto bella, ma lui la odiava.

L'aveva sempre odiata.

E sorrideva ancora quando vennero a portarlo via.

Ma non lo accompagnò alla Grande Casa.

Rimase lì, in cui avevano condiviso per un paio d'anni o tre, Kelf non lo sapeva con certezza perché il tempo non contava per lui con i bellissimi occhi a mandorla fissi sul varco che apriva il raggio cosmico che lanciava su Volmen .

Forse pensava a lui, forse ricordava il passato, le sue carezze ei suoi baci; O forse era semplicemente che, dopo quello che era successo, e vedendo come lo portavano via, non sapeva come reagire.
O forse stava pensando a Volmen, che non avrebbe mai più rivisto. Kelf non lo sapeva.
Era sulla strada per la Grande Casa quando ha perso conoscenza.

* * *

Non lo avevano legato.
Quella fu la prima sensazione che provò quando lo riacquistò, e si guardò intorno.
Erano tutti seduti intorno al tavolo, esattamente come lui.
Ma non nella stessa sedia che occupava altre volte, non in quella dei Dannati.
Davanti ai suoi, gli occhi del Presidente, e il silenzio impressionante.
Fece un respiro profondo e aspettò.
Non era molto.
Il silenzio è stato rotto dallo stesso Presidente con una domanda:
"Sei disposto, Kelf?
Sapeva cosa significava tutto ciò, quindi ha risposto con calma:
"Sì.
Girò la testa e poi li vide.
Una doppia fila di Robot-Guardiani era in piedi lungo le pareti, armi in pugno.
Per generazioni Kelf si era sentito importante, ma mai come questa volta.
Crono e il Gran Consiglio avevano paura.
Avevano paura di lui; in altre parole, non erano sicuri di cosa potesse fare contro di loro, nonostante lo vedesse lì, completamente indifeso.
Guardò il presidente.
Le orbite incavate, fisse nei suoi occhi, scintillavano come diamanti.
"Vieni Alvia.
Non sapeva a chi stava dando l'ordine, né si voltò a guardare.
Molto semplicemente, Kelf continuò ad aspettare, consapevole di quale sarebbe stato il suo destino d'ora in poi, ma si sbagliava su tutta la linea.
Sentì un debole ronzio, alla sua sinistra, e immaginò che il muro si stesse aprendo da un lato per lasciarla passare, ma non guardò.
Rimase immobile, impassibile.
E continuò allo stesso modo quando Alvia entrò nel raggio dei suoi occhi e si avvicinò al tavolo.

Si fermò, le mani dietro la schiena, fredda e impassibile, distante, in silenzio, in attesa della prossima domanda che non tardava ad arrivare.

«Sapevi che Kelf avrebbe distrutto Crono?

"No. Non me l'ha mai detto

"Perché?

"Kelf mi odiava.

"Spiega che.

"Ha dei sentimenti. Ha anche delle idee e questo è proibito sul pianeta. E quei sentimenti sono andati a Frida, che viveva con Volmen.

"Cos'altro?

"Non ha mai voluto figli e Crono ha ordinato di averli.

"Stai dicendo la verità?

"Sì

Ci fu un leggero silenzio, che il Presidente, nel suo ruolo di interrogatore, ruppe:

"Hai visto come ha ucciso Volmen?

"Sì. Kelf l'ha fatto davanti ai miei occhi.

Un'altra nuova pausa, che il Presidente ha concluso con un'altra domanda, ma questa rivolta a Kelf:

«Cosa hai da aggiungere a quello che ha detto Alvia, Kelf?

"Qualsiasi.

Alvia lo guardò sorpresa.

Indubbiamente non si aspettava quella risposta, detta in tono freddo e impersonale, come se davvero non gli importasse del processo che si stava svolgendo contro di lui davanti ai membri del Consiglio, cui apparteneva finché non ebbe l'idea di distruggere Crono.

"Puoi andare a casa, Alvia" rispose il presidente. E aspetta lì. Crono ti avviserà. Non rispose.

In silenzio, si voltò e si avvicinò al pannello. Il ronzio si ripeté, ma Kelf non lo guardò nemmeno.

Esattamente come pochi minuti prima, i suoi occhi erano fissi sul Presidente, che lo guardava di nuovo, mentre gli altri deputati restavano ammutoliti, ma senza smettere di osservarlo:

"Perché volevi distruggere Crono?

"Sta mettendo fine agli Esseri Robot. In un modo o nell'altro lo fa.

"Cosa intendi?

Kelf lasciò trascorrere alcuni secondi di silenzio prima di rispondere, quando finalmente lo fece, la sua voce si alzò un po' di tono:

"Ci sta trasformando in Robot, portandoci via il nostro Essere. Lei, Presidente, tutti quelli e io. E quelli del sesso opposto.

«Sono idee, Kelf.

"Li ho, e non si può fare a meno. Non puoi farne a meno, e lo sai. Anche Crono.

"Lui è l'unico che può averli. Crono sta pensando.

"Lo so. Ma gli ho dato le mie idee, il mio potere, ora non può chiedermi di non averle. Lei, e pochi altri come lei, Presidente, mi ha aiutato nel compito e poi ha creato le macchine. Per i Robot-Esseri, che per strano paradosso, credono nel Pianeta e allo stesso tempo lo distruggono.

"Non lo capisco.

"No...? Beh, se è così, Presidente, vada lei stesso da uno dei disintegratori e chiuda lei stesso. È una soluzione. Crono ordina e gli altri obbediscono. L'idea era quella, ma fino a un certo punto. Noi non possiamo pensare, non possiamo avere idee, e siamo controllati fin nei minimi dettagli, anche in amore, quindi Crono deve essere distrutto.

Ci fu un mormorio, che s'interruppe con la stessa rapidità con cui era iniziato quando il presidente alzò una mano, fissandolo con una strana fissazione.

"Sei pazzo, Kelf! "È stato quello che ha detto, dopo alcuni secondi di silenzio.

Kelf si alzò in piedi, dominandoli con la sua statura con il Potere che sembrava emanare dalla sua figura di titano.

"Ho delle idee, Presidente" dichiarò freddamente. Idee che cambieranno il Pianeta.

«Crono non lo vuole, Kelf. E questo è tutto.

"Ogni cosa...?

"Non puoi avere idee. Quelli sono di Crono. Pertanto, sei un pericolo, che deve scomparire. È diventato un Pensatore, e ora lo fa per tutti. Sono le regole. Ti ha anche dato Alvia e tu l'hai rifiutata. Hai visto la sua dichiarazione, Kelf, e quella, di per sé, è la fine. La sentenza è... morte, ma tu non morirai.

"Non...?

C'era stranezza nella sua voce, ma nessuno dei due se ne accorse.

"No. Crono ti dà qualcosa di più... di più spettacolare. Volgiti le spalle.

"Quello che devi fare sarà dritto.

C'è stata un'esitazione, un piccolo dubbio, che il Presidente ha interrotto:

«Non ti succederà niente, Kelf. Sono ordini di Crono, e lui non mente. Vogliamo solo che tu veda una cosa da solo.

Proprio in quel momento, Siegel alzò la mano e il volto orribile del presidente si voltò verso di lui.

«Vuoi fare una domanda, Siegel? Ha chiesto.

"Solo uno.

"Fallo.

Guardò Kelf.

"C'è stata una chiamata dal continente, Kelf" disse. L'operatore ha detto che qualcuno ti ha detto di non fare qualcosa. È stata la distruzione di Crono?
"Sì.
"Chi era il tuo comunicatore?
"Non lo so.
Siegel pensò velocemente, forse rendendosi conto che non era solo una domanda che stava facendo, ma molte altre, e ne lanciò un'altra:
"Vuoi dire che non conosci l'identità della cosa che è venuta dalle stelle per comunicare con te?
"Dalle stelle...? "Rise, e aggiunse quando l'eccesso di ilarità lo lasciò fare: Nessuno è venuto dalle stelle ad avvertirmi. Questa è un'altra menzogna per me. di Crono e del Gran Consiglio.
"Ecco, presidente", rispose Siegel.
Ma lo fece quando era già in piedi con le mani nodose sul tavolo, a fissarlo.
"Il processo è finito, Kelf" disse. E ora volta le spalle al tavolo. Devo mostrarti una cosa.
Non dubitava più.
Lo fece lentamente, mentre risuonava di nuovo un leggero ronzio, ma diverso da quello che precedette l'ingresso di Alvia nella Sala del Maggior Consiglio.
Davanti a lui, a meno di mezzo metro di distanza, il terreno cominciò a sollevarsi e apparve un tavolo di metallo.
Un tavolo e un bicchiere con dentro un liquido incolore.
"Bevi quello, Kelf.
Il ronzio era cessato e il tavolo era fermo.
"È la morte?" chiedo.
«È il viaggio, Kelf. Crono non ti ucciderà.
Cosa significa quel viaggio?
"Bevi e lo saprai.
Scrollò le spalle, tese la mano; prese il bicchiere o il suo equivalente e se lo portò alle labbra.
Kelf ha bevuto.
Non notò né odore né sapore, e fece per girarsi verso il tavolo, ma non riuscì a completare il giro perché prima la sua mente si annebbiò, e cadde rotolando a terra.
Si svegliò molto più tardi, ore, giorni, mesi o anni dopo.
Kelf aveva perso la cognizione del tempo-spazio.
Si guardò intorno, provando la sensazione di fluttuare nel vuoto e che il suo corpo giacesse su qualcosa di morbido.
Guardò e vide le cinghie.
Una cuccetta.

E CAPITO!

Crono non aveva mentito.

Stava viaggiando, forse verso le stelle, e si chiedeva perché.

La sua mente, completamente lucida, faceva domanda dopo domanda, mentre le sue mani, lavorando indipendentemente con il suo cervello, andavano alle cinghie.

Si alzò.

Indossava suole magnetiche, che lo tenevano incollato al pavimento della cabina circolare.

Circolare ed enorme.

Il viaggio sarebbe lungo.

Lo capì quando vide il pannello di controllo, dove le luci si accendevano e si spegnevano, lo schermo della TV, e soprattutto i comandi.

Sapeva come gestirli.

Kelf avanzò verso i pannelli.

Ne aprì una, attraversò la nave dall'altra parte e ripeté l'operazione con la seconda.

Stelle luminose e oscurità dell'inferno.

Il Cosmo su entrambi i lati, e l'impressionante silenzio dello spazio che sembrava aver preso il sopravvento anche sull'astronave all'interno della quale si trovava in quel momento.

Anche quando?

CAPITOLO X

Kelf cercò di fissarli sulla retina, confrontandoli con le migliaia e migliaia che aveva visto nei viaggi precedenti, ma senza successo.

Stelle e costellazioni, che sembravano cavalcare nello spazio, veloci all'indietro, sempre all'indietro.

Se ne andò da lì.

La sensazione di assenza di gravità non esisteva all'interno dell'astronave.

Le luci continuavano a tremolare davanti ai suoi occhi, provenienti dal cruscotto, e lo schermo televisivo rimaneva completamente spento.

Premendo uno dei pulsanti, cercando di entrare in contatto... con chi?

Con nessuno.

Non ci sarebbe alcun contatto.

Tuttavia, potrebbe capovolgere la nave e riportarla sul Pianeta.

Ma no, non sarebbe nemmeno possibile; Crono e il Presidente avrebbero pianificato tutto, in modo che non tornasse, o, in caso contrario, sarebbe già morto.

Come Frida.

FRIDA!

L'aveva completamente dimenticata.

Lentamente ora, Kelf si avvicinò al pannello di controllo e le sue dita, indipendenti dai dettami del suo cervello, giocherellarono con i pulsanti, mentre i suoi occhi avidi osservavano tutto ciò che aveva davanti.

Studiando il controllo dell'astronave fin nei minimi dettagli, ma senza riuscire a togliersi dalla mente l'interrogativo che lo ossessionava.

Dove lo stavano mandando? Qual era la sua orbita?

Attraverso il Cosmo, senza Oltre?

Non lo sapevo, non lo sapevo.

Indietro indietro ...

Sapeva che non poteva, per i motivi sopra indicati, eppure, dopo alcuni lunghi secondi di esitazione, Kelf afferrò uno dei comandi e tirò verso di sé, cercando di deviare la nave intersiderale dal suo percorso.

Non ci è riuscito.

Al contrario, cercando di fargli girare a sinistra, guardando i quadranti elettronici, e ora lo ha fatto, ma è stato molto poco.

Tre gradi non più, ma da sola, una volta lasciato il comando, ha raddrizzato la sua rotta e ha continuato a camminare nel vuoto.

In quel preciso momento, l'indicatore rosso sullo schermo davanti a lui si illuminò e, impotente, Kelf si rese conto che stava per accendersi, e trattenne il respiro.

Era così.

Confusamente dapprima, e poi con perfetta chiarezza, vide davanti a sé il volto cadaverico del Presidente.

Accanto a lui, la sempre bella Alvia, che gli sorrideva.

"Ciao, Kelf, immagino che ti stia godendo il viaggio. Come ti ho promesso davanti al Gran Consiglio, non sei morto, ma sei partito per la tua strada. E non tornerai sul Pianeta. Non provarci, come prima, perché fallirai.

Kelf non ha risposto.

I suoi occhi sembravano guardare solo Alvia, forse perché sapeva che anche lei lo vedeva, forse a migliaia di chilometri di distanza.

"Mi hai sentito, Kelf?

Ora ha risposto:

"Perfettamente.

“Non provarlo perché...

“L'ho già sentito.

"Qualche chiarimento?

"Qualcuno. Vorrei sapere...

"So quello che vuoi sapere, Kelf" lo interruppe il presidente, "e te lo dirò. Ascolta attentamente, che questo è il primo e l'ultimo contatto con te, quindi non ci sarà occasione per ripeterlo. Sono sei pronto?

"Sono.

«Non c'è orbita nel viaggio, Kelf. No, quindi può durare milioni di anni, finché la nave su cui stai viaggiando non si disintegra perché è vecchia o sta per scontrarsi con un asteroide o con uno qualsiasi dei pianeti che potresti incontrare sulla tua strada "si fermò e chiese" : Insieme alla tua mano sinistra c'è un bottone giallo, Kelf, lo vedi?

"Sì.

“Si illuminerà quattro volte mentre attraversi lo spazio. Solo quattro, con intervalli di tremila anni luce ciascuno. Solo allora potrai guidare la nave come preferisci e per ventiquattro ore. Abbastanza a lungo da farti trovare un pianeta su cui riposare... per restare, se lo desideri. Se non ti piacerà, ti basterà tornare prima di quelle ventiquattr'ore perché, in caso contrario, dovrai restare una volta per tutte, poiché la nave prenderà il volo completamente sola. E tieni a mente una cosa, che tu sia dentro o meno, non raggiungerai mai il Pianeta perché, dopo il periodo di tempo specificato, il pilota automatico, che può essere disconnesso solo da qui, lo manterrà sulla rotta che ora va avanti . C'è qualcos'altro, Kelf?

"Solo una cosa," rispose in fretta, e con una calma così fredda che a migliaia di chilometri di distanza, fece aprire gli occhi ad Alvia, con insolito stupore.

"Ti sento.

"Cosa succederà quando il giallo brillerà per l'ultima volta?

“Sceglierai un altro pianeta, un'altra stella, ma sarà la tua ultima possibilità.

"E se non lo faccio?

«Viaggerai eternamente, Kelf, per milioni di anni, o finché non metterai fine alla tua vita da solo, Kelf facendo schiantare la nave contro qualsiasi ostacolo. Non dimenticare che puoi farlo. Tre gradi a sinistra per quattro minuti sono più che sufficienti.

Seguirono alcuni secondi di silenzio.

Sullo schermo, Alvia teneva gli occhi fissi su di lui, senza battere ciglio.

Situato alla destra del Presidente, né i suoi occhi, né il suo viso, sempre bello, perfetto, lasciano trasparire le sue emozioni, se davvero ne ha avute in quel momento.

Kelf stesso l'ha rotto, con una domanda:

"Da quanto tempo sono qui, privo di sensi?

"Tre giorni, Kelf. Qualcosa di insignificante, se non teniamo conto che ti stai allontanando da Crono a una velocità tre volte superiore a quella della luce.

Rabbrividì, incapace di evitarlo.

Era... come se il Gran Consiglio, e con esso lo stesso Crono, lo stessero mandando ai confini dell'Universo.

Al di fuori dell'Universo stesso.

«Per sopravvivere, troverai tavolette e provviste sulla nave, Kelf. Crono pensa a tutto. Questo ti durerà migliaia di anni... ma dovrai scendere dalla nave, che ti piaccia o no, per continuare a vivere. Il tuo trucco biochimico non ha tenuto conto delle tue esigenze dietetiche, Kelf.

"Sì, lo so. C'è altro che devo sapere?

"Questo è tutto" inclinò la testa per guardare Alvia, e chiese a Kelf "Vuoi dirle qualcosa?

Kelf scosse il suo.

"No" ha risposto. Qualsiasi.

Nemmeno Alvia disse una parola, ma adesso stava sorridendo.

"Aspetta un attimo, Kelf.

"Sì...?

"Puoi illuminare questo schermo a piacimento, capito? Sarai in grado di vedere la tua vita e ciò che desideri. E le cose sul pianeta. Con quello, non lo dimenticherai.

Kelf non disse nulla.

Gli occhi di Alvia lo perseguitavano.

Occhi che sorridevano, come la sua bocca rossa, come una ferita sanguinante.

Che non avrei mai visto.

All'improvviso lo schermo divenne nero e Kelf si sentì infinitamente piccolo.

Tre giorni viaggiando a quella velocità...
Scosse la testa, non voleva continuare a pensare, ma gli era impossibile farlo, quindi accese lo schermo.
Pezzi quasi dimenticati o del tutto dimenticati, del suo passato, cominciarono a sfilare davanti ai suoi occhi.
Così ancora e ancora, molti di più, fino a quando L'INFINITO è apparso di fronte a lui.
Il tempo non contava.
Né le braccia, i baci e le carezze di Frida o di Alvia. e quello di tante e tante donne quante lo hanno amato, in quei millenni di longevità.
Niente contava più per lui, nemmeno la sua stessa esistenza.
Nel Cosmo, la nave intersiderale ha proseguito la sua inesorabile marcia, lasciandosi alle spalle i soli, le stelle, nuove Costellazioni mai viste dal Pianeta della Galassia I.
Ancora e ancora il laboratorio, l'esplosione, l'inalazione del gas letale e la mutazione, i cui primi effetti raggiunsero i loro occhi, facendo loro riacquistare nuova vista quando la scienza di allora aveva già concluso tutto.
Gli anni, Alvia, Kronos, Frida..., e quella chiamata ad avvertirlo di non farlo, di non muoversi da casa sua almeno fino a quando non avrà parlato con il suo comunicatore.
Avrebbe dovuto aspettarlo.
Volmen, il Gran Consiglio, di cui faceva parte sul Pianeta, come l'Essere-Robot che ha dato vita e forma a Crono.
Kelf dormiva e mangiava come un automa, chiedendosi mille volte se lo spazio non stesse minando il suo cervello.
O forse era il tempo.
Ma il tempo non contava nell'Universo, né nel Passato, nel Presente o nel Futuro.
Non c'era futuro lì.
Solo una nave e un Viaggio infinito come l'infinito stesso dove si è dovuto trovare per secoli.
Kelf si riscosse dalla sua apatia quando, all'improvviso, il pulsante giallo guizzò davanti ai suoi occhi, poi si bloccò.
Acceso.
Esitante, si avvicinò ai comandi, e li prese, toccandoli poi con la punta delle dita.
Non è successo niente.
Poi tentò di deviare la nave alla sua destra e, con una docilità che lo sorprese, fu obbedito.
VENTIQUATTRO ORE!
Era quanto tempo aveva.

A quella velocità, più che sufficienti per trovare un pianeta, magari abitato da altri esseri, anche se diversi da esso.
Kelf desiderava compagnia, qualunque cosa fosse.
Crono sapeva fare le cose bene con lui.
Ma era sfortunato.
Dopo una curva che impiegò sei ore e mezza, Kelf avviò i motori a reazione e discese sulla crosta di un asteroide.
Inospitale, materialmente ricoperto di roccia calcarea e polvere cosmica, circa mille miglia quadrate.
Una specie di isola nel Cosmo che viaggiava al doppio della velocità del suono, curvandosi verso il sole, che vedeva brillare come un tizzone dorato attraverso gli occhiali che indossava.
Dall'altra parte, l'ombra.
Invisibilità, se così si può chiamare.
Scoraggiato, dopo altre tre ore di esplorazione, con indosso una tuta spaziale e scarpe speciali, tornò sulla nave, chiuse bene le porte, prese un paio di pasticche e si distese sulla cuccetta, aggiustando le cinghie.
Lui si addormentò.
Quando si svegliò, era di nuovo in viaggio, con il sole alla sua sinistra e le stelle di una nuova costellazione alla sua destra.
Accese lo schermo.
Sarebbe stato molto meglio finire subito, finire come Frida o Volmen, e come tanti e tanti altri, prima di sfidare il Potere di Crono, Potere che lui stesso aveva creato, per essere distrutto da quello stesso Potere.
Di nuovo e davanti ai suoi occhi, tutto il suo passato svanì, e vide di nuovo i volti di Frida e Volmen, e il suo, con Alvia.
Guerre, catastrofi e il primo Consiglio del Pianeta a occuparsi di Crono.
Il suo tentativo di distruzione, la voce telefonica dall'altro Continente, e la sua fuga, dopo essersi sbarazzati dei Robot-Guardiani.
Lo schermo era vuoto.
Kelf si alzò e, a lungo, rimase con gli occhi fissi sulle costellazioni alla sua destra, mentre alla sua sinistra il sole che lo aveva illuminato fino a quel momento cominciò a scomparire rapidamente in lontananza,
Poi l'oscurità dello spazio avvolse tutto, come un mantello mortale.
Tornò alla cuccetta e si sdraiò.
Kelf si addormentò, accarezzato dalle braccia amorevoli di Frida.
Ma Frida non esisteva più.

* * *

Kelf ha scoperto il pianeta quando solo mezz'ora prima si era accesa la spia gialla sul cruscotto.

Accese lo schermo, mentre gli indicatori gli mostravano il corpo celeste che si muoveva quasi davanti a lui, a una distanza di cinquantamila miglia.

Cominciò a rallentare la nave, che automaticamente obbedì.

Alla sua sinistra, un po' rialzato rispetto a quello che potremmo chiamare l'orizzonte dell'astronave, il sole che illuminava il pianeta rimaneva fisso nello spazio.

Esattamente come quella che teneva in vita gli esseri che popolavano il pianeta.

Lo schermo si illuminò.

Kelf trattenne il respiro e guardò.

Era ancora molto, molto lontano, ma presto sarebbe stato a portata di mano.

La formula perduta, il segreto che ti accompagnerà per millenni...

Scosse la testa per non pensare.

La distanza si stava avvicinando più lentamente ora.

I freni della nave funzionavano perfettamente.

In seguito, dopo aver letto i dati che gli avrebbero mostrato gli strumenti della nave, circa la densità e la gravità del pianeta, la sua composizione atmosferica e tante e tante altre cose su di esso, avrebbe inclinato la navicella, cercando l'angolo giusto per entrare nel suo atmosfera. .

Lo fece su una zona nuvolosa, e il ricordo del Pianeta e di Crono si accese nella sua mente in modo tale che, per alcuni secondi, il battito ritmico del suo cuore fu alterato, pensando che potesse essere quello.

Non era.

Lo seppe non appena varcò la barriera di nuvole, mentre, davanti ai suoi occhi e a velocità fantastica attraverso lo schermo televisivo, scorrevano fiumi, mari, montagne, valli, erba e laghi.

Non era il Pianeta, ma aveva un'atmosfera e una vita vegetale.

L'altro... poteva o non poteva esistere, ma al momento, a Kelf non importava, non poco, non molto.

In quel momento voleva solo una cosa, scendere sulla sua superficie.

Ma non ha fretta.

Kelf prese quota, dopo aver scelto il luogo dove far atterrare la nave, fissandola con gli strumenti di bordo, e rimase in orbita sul pianeta finché, in quella parte di esso, scese la notte.

CAPITOLO XI

Zholta aveva paura.
Per la prima volta dopo molti anni, Zholta sapeva che stava per morire e tremava.
La sua morte sarebbe orribile.
Non capiva il motivo di tutto questo, ma doveva essere così, e sarebbe stato così, perché così volevano.
Stava aspettando, seduta sul duro pavimento della grotta, appena coperta da una specie di tunica fatta di pezzi di liana e foglie di certi tipi di alberi, e con le mani legate dietro la schiena.
E accadrebbe quando la seconda delle tre lune che illuminavano il pianeta raggiungeva lo zenit.
Non la capivano, e quindi non c'era motivo di spiegare loro le cose.
Ciò servirebbe solo ad aggravare ulteriormente la loro situazione.
Zholta chiuse gli occhi; Sapevo che sarebbero arrivati presto.
Era così.
La pelle che copriva l'ingresso della caverna fu spinta da parte e, un po' sorpresa, Zholta aprì gli occhi e li guardò.
Erano cinque, ma fuori ce n'erano di più.
Erano i componenti del popolo assiro, vecchi di miliardi di anni.
I discendenti di quegli altri che per primi abitarono il pianeta.
"In piedi.
Zholta lo fece, laboriosamente, continuando a guardarli di fronte al più anziano di loro.
Con una barba lunga, uguale alle altre, con muscoli possenti, zigomi molto prominenti, gambe forti e corte, e braccia smisuratamente lunghe con naso schiacciato, e testa, nel complesso, completamente quadrata, tranne la nuca, che era leggermente allungato all'indietro.
"Avete qualcosa da dire?
Zholta li guardò ancora una volta.
Quasi ricoperti di peli, in alcuni punti lunghi e folti, ricci, come se fossero setole, e appena ricoperti..., come gli esseri che popolarono un pianeta chiamato Terra, miliardi di anni fa.
Era come se, all'improvviso, il passato prendesse vita in quella Terra di cui gli Assiri non avevano la più pallida idea.
Nemmeno Zholta.
Anche se era diverso, sotto tutti i punti di vista
"Qualsiasi.
"Sapete qual è la penalità?
"Sì, ma non ho paura.

Fece un passo verso l'imboccatura della caverna.

"In attesa.

“Per cosa, Kerr? Non porta da nessuna parte.

"Non lo so ancora.

Zholta fece un altro passo avanti.

Fuori, a poca distanza, Kelf stava calando la nave sul pianeta.

"In attesa.

Si è fermato.

"Per cosa? Ripeté.

“Potresti provare a farti capire.

"È inutile. Io sono diverso da te e devo sparire.

Era vero, ma c'era qualcos'altro, molte più cose, di cui si era già parlato, studiato, discusso, per non arrivare da nessuna parte.

Era diverso e non si capiva.

Anche quando parlava, la sua conversazione o le sue parole suscitavano terrore, anche tra i più potenti dell'Assiria.

La tristezza; da morto.

«È vero, Zholta. Andiamo.

Non rispose e iniziò a camminare.

Fuori, le rocce, la luna, le stelle che brillano nel nero del cielo, gli alberi e le grotte che ospitavano gli Assiri.

Tutto illuminato, poiché intorno c'erano un centinaio, o forse più, di asce in fiamme, dalle quali trasudava la resina.

Un vero e proprio corteo funebre per Zholta, che rabbrividì quando li vide.

E silenzio, poiché nessun suono, anche se inarticolato, emanava da quelle gole.

Solo quelli corrispondenti a un sesso, tranne lei, che era l'opposto.

"Andare.

Continuò a camminare tra le rocce, dove i suoi piedi, completamente scalzi, come quelli degli altri, non lasciavano nemmeno la minima traccia, verso la spianata circondata da rocce dai bordi appuntiti.

Pochi minuti dopo, Zholta vide la pira e la grande roccia piena di intagli allegorici raffiguranti il dio avverso degli Assiri.

Completato da una testa mostruosa e repellente.

L'avrebbero sacrificata lì.

Zholta camminò senza fare un solo passo falso, salì la piccola scala che dava accesso al piedistallo che conteneva il dio, e rimase così, aspettando che il vecchio Kerr si avvicinasse a lei, come fece.

Le slegò le mani e le spogliò la tunica.

Poi lo gettò da parte, un po' lontano dalla pietra dove lo avrebbe legato.

“Dammi le tue mani, Zholta.

Lo fece, e li legò di nuovo, ma ora davanti al suo corpo, e poi una grossa liana intorno alla sua stretta vita nuda, e così la legò alla pietra alta.
"Vuoi qualcosa prima che finiamo?
"Non.
"Perché?
"Ho letto nel tuo pensiero.
"E cosa vedi?
"Tradimento.
Kerr ebbe le convulsioni, come posseduto da una risata, ma i suoi piccoli occhi, quasi affondati nelle orbite, brillarono in modo diverso.
"A cosa e a chi?
"In Assiria, che è il tuo popolo. Sei vecchio, Kerr, molto vecchio... ma ancora... hai ancora bisogno di me. Una parola da Zholta, e le combatteresti per me, ma Zholta non la pronuncerebbe. "Chiuse gli occhi e aggiunse," Vai ora, Kerr.
"Maledetto...
Si voltò.
Il silenzio era cupo.
Le asce continuavano ad illuminare la scena, spettrale, ormai conficcata nel terreno, formando un semicerchio attorno al dio e alla vittima che stavano per sacrificare.
Non parlavano.
Ma, in silenzio, ammucchiarono rami secchi e tronchi intorno al piedistallo dove si trovava Zholta.
Stavano per bruciarlo.
Una sola parola, e forse... ma Zholta non l'avrebbe mai pronunciata.

* * *

Kelf vide la processione mezz'ora dopo che avevano lasciato la nave interna. C'era un'atmosfera, e la gravità del pianeta era simile a quella che aveva abbandonato seimila anni luce fa, ma nonostante questo, forse a causa dell'usanza di altri voli, aveva indossato la tuta spaziale, non la campana di vetro.
La pistola a raggi cosmici brillava nella sua mano.
Cinquecento carichi, e nessuno era stato usato.
Luci in lontananza, in movimento, che danno l'impressione di essere una fiaccolata..., come se qualcuno stesse preparando una di quelle famose danze vudù del XIX o inizio XX secolo, sul pianeta Terra.

Kelf si fermò sui suoi passi, esitò per qualche secondo e continuò a camminare, lentamente, completamente accovacciato tra le rocce e il sottobosco, seguendoli ora,

La spianata.

Si nascose dietro un piccolo massiccio roccioso, violentemente stupito dall'immagine che cominciava a schiudersi davanti ai suoi occhi, tanto inaspettata quanto incredibile.

Due esseri di sesso opposto, seguiti da altri, in un corteo funebre.

La veste a terra, e lei, completamente immobile, sul piedistallo di roccia.

Kelf toccò leggermente la molla del grilletto della sua pistola.

Ma poteva eliminarli così, così?

Sì, ma non dovrebbe.

Forse era la ragione per il grande gruppo che ...

L'avrebbero bruciata viva!

Kelf fece una smorfia e li guardò.

Loro stavano parlando.

Non riusciva a sentire le parole, ma quegli esseri, come i primi abitanti della Terra, si capivano, e non proprio a gesti.

Adesso si stava allontanando da lei.

Vecchio, molto vecchio, simile a una scimmia.

Kelf sollevò la pistola, ma non sparò.

Non potevo ancora.

Nel frattempo, la pira di legno stava crescendo vicino ai suoi piedi.

Era bionda.

Il suo corpo, scuro, brillava alla luce delle torce e della luna, delle tre lune che illuminavano quel pianeta, come se avesse una luce propria.

Seni piccoli, tondi e sodi, come gli piaceva, fianchi sodi e cosce lunghe, che terminavano nel ginocchio perfetto, seguito dal polpaccio ben fatto e dai piedi piccoli, nudi e scalzi.

È stato bellissimo.

Kelf si disse che doveva fare qualcosa.

Le torce si stavano muovendo verso di lei adesso, e un mormorio si levò dalla notte, crescendo sempre più.

Quei pazzi avrebbero dato fuoco alla pira.

Fu allora che Kelf premette il grilletto, ma non mirò al gruppo.

Il fulmine emise un sibilo terrificante, serpeggiando tra le torce, e una roccia del peso di diverse tonnellate, a una cinquantina di metri a destra del gruppo, divampò in un bagliore blu-arancio, esplose e scomparve.

Le torce si congelarono e il mormorio cessò del tutto.

Kelf aspettò altri tre secondi e premette il grilletto.

Un albero antico è esploso nella notte, illuminando il quadro che veniva rappresentato, e si è sciolto nella notte, in meno di un quinto di secondo.

Fu in quel momento che si lasciò vedere, spinto da un'idea che gli era appena venuta in mente in quel momento.

Cominciò a camminare verso di loro, passo dopo passo, la canna della pistola all'altezza dei fianchi, e la sua strana tuta bianca fece ciò che i raggi cosmici non potevano.

La rotta.

Li sentiva urlare, terrorizzati, le torce cadevano a terra, ei loro passi frettolosi si perdevano presto nella notte, tra i massi e le brughiere che contagiavano i dintorni.

Kelf accelerò il passo e all'improvviso si trovò davanti ai suoi occhi.

Nero, impassibile, come se ciò a cui stava assistendo non lo sorprendesse o non avesse paura.

"Chi sei?

"Zholta.

"Cosa stai facendo qui?

"Stavano per sacrificarmi ad Asiris. È il dio del loro popolo.

"Sei diverso.

"Lo so" si fermò, e fu sorpreso di aggiungere "Tu... vieni dalle stelle.

Kelf perse qualche secondo di tempo, prima di rispondere:

"Come lo sai?

I grandi occhi neri scivolarono via dai suoi, e la vide guardare il cielo.

"Parlo con loro" disse semplicemente.

Kelf non ha risposto. Tagliò i rampicanti che la tenevano attaccata alla pietra alta, poi la tirò via.

Poi si chinò, raccolse la veste e gliela porse.

"Copriti" disse.

La vide sorridere.

"Perché volevano ucciderti?

"Non mi capiscono.

"E' un movente?

"Sì.

Si stava allacciando la tunica intorno alla vita stretta, continuando a fissarla intensamente.

"Hai paura di me?

"Non.

La formula perduta, la rué segreta lo aveva accompagnato per...

Fu allora che chiese:

"Tu vieni con me?

"Alle stelle?

E spalancò gli occhi.

"Sì, è vero", rispose Kelf.

Un figlio, poteva farcela, la sua composizione biologica era uguale alla sua, anche la sua riproduzione.

Pensò a Crono, e si meravigliò che in quel momento non ci fosse odio per lui, né per Alvia, che sarebbe già morta.

Sì, aveva cessato di esistere da millenni.

Tuttavia, Crono sarebbe ancora resistere.

Era la Legge della Vita e della Morte.

Allungò la mano e ne prese una delle sue.

"Vieni" disse.

Cominciarono a camminare, silenziosi, ravvicinati, tra sassi, terra, polvere e sterpaglie.

"Come sei arrivato in questo posto?

La vide alzare le spalle.

"Non lo so.

"Cosa intendi?

"La mia razza vive dall'altra parte del pianeta, dove ora c'è il sole... io... ho sempre visto questi dintorni, quindi penso che alcuni di loro mi abbiano portato quando ero molto piccolo.

"Come hai fatto a non provare il ritorno?

"Era impossibile. Anche adesso lo è... Se non mi prendi su quella cosa che ti ha portato qui dalle stelle.

"Vuoi che io?

"No. Ma voglio scomparire da questo pianeta. Verrò con te. Zholta non capisce la vita o la morte. Né capisce che vogliono ucciderla o che si uccidono a vicenda. Zholta vuole solo pace e tranquillità Ecco perché desidera lasciare questo pianeta "lei inclinò la testa per guardarlo, e continuò lentamente": Zholta ti darà dei figli, Kelf.

Si fermò di colpo, lasciandole la mano, e la guardò apertamente.

"Come fai a sapere tutto questo?

"Ho letto nella mente. È un regalo, Kelf. Così, quando ti ho visto, ho capito che venivi dalle stelle... e che c'è un Kronos e un'Alvia. Chi erano?

Senza rispondere alla sua domanda, lui rispose con un'altra:

"Telepate?

Gli occhi di Zholta si allargarono.

"Che cos'è? "Ha chiesto." Non ti capisco, Kelf.

"Quello che leggi nella tua mente" ha commentato

"Si chiama così...? Ebbene, è vero. Ecco perché ridono per uccidermi. Conosco, di ciascuno, tutto il bene e il male che ha dentro di sé.

"È un bonus," mormorò Kelf, afferrandole di nuovo la mano e tirandola.

Zholta ha risposto di nuovo, rispondendo:
"E sconvolto. Toglie fiducia negli altri, e questo fa sì che Zholta si ritrovi sempre sola. Chi è Alvia?
"È già morto. Morì migliaia di anni luce fa.
Ancora una volta la vide sorpresa.
"Non capisco cosa stai cercando di dirmi.
"Te lo spiegherò nel tempo, Zholta... perché sto per darti qualcosa che possiedo solo all'interno del Cosmo. O almeno, questo è quello che penso.
"Cos'è...?
Sembrava una bambina, o forse lo era, in qualche modo, dal modo in cui faceva le domande, dalla sua curiosità, e Kelf cercò di chiudere la sua mente a quell'altra, forse molto più potente di quanto il suo proprietario potesse sospettare.
"Te lo dirò sulla nave" rispose.
Zholta non replicò, perché in quel momento le arrivò il sasso lanciato forse per mezzo di una fionda o di un suo equivalente.
Kelf la sentì gemere, la vide voltarsi e cadere a terra come un sacco, e subito dovette lanciarsi, mentre una pioggia di sassi cominciò a cadere intorno a lui.
Gli assiri, dopo un primo momento di panico, e vedendo portare via la loro vittima frustrata, li attaccarono nell'unico modo che conoscevano.
Kelf strisciò verso di lei, che era perfettamente immobile sull'erba, e si fermò non appena la raggiunse.
Poi, guardandosi indietro, li vide.
Non a tutti, ma ad alcuni sì.
Poteva rimuovere le risate in pochi secondi, ma non lo fece.
L'idea lo disgustava.
Hanno fatto ciò che credevano giusto... e non obbligati da Crono o dal Presidente del Pianeta.
Sparò due volte e le rocce che li ricoprivano svanirono in scintille e fumo pungente. Per la seconda volta li vide correre tra i cespugli, gli alberi e le rocce, e urlare, ancora una volta posseduti dal demone della paura.
Kelf non perse tempo, prese Zholta tra le braccia e corse con lei, senza far cadere l'arma.
La nave.
Salì la scala ed entrò, i suoi polmoni sul punto di esplodere, e la posò sulla cuccetta.
Desiderava compagnia. Ne aveva avuto bisogno per ore, secoli e millenni, e ora ce l'aveva.
Si voltò, e chiuse la porta di accesso alla nave intersiderale, sapendo che all'ora prefissata, essa avrebbe raccolto la scala e si sarebbe lanciata nello

spazio, per riprendere la rotta prevista, anche in anticipo, in un viaggio che sembrava non avere fine.

Kelf tornò al fianco di Zholta.

Sulla bella testa, coperta da lunghi capelli biondi, c'era sangue.

Procedette ad esaminarla, sapendo che si trattava solo di una temporanea perdita di coscienza dovuta alla pietra, e poi la guarì con mani esperte.

Di quanto non fosse davvero.

Fuori, contro lo scafo della nave, i tonfi erano sempre più forti.

Li stavano attaccando.

Kelf non si mosse.

Non gli importava.

Anche se disponessero di altre armi molto più moderne, non intaccherebbero quel potente scafo incapace di fondersi anche con gli attriti più spaventosi, entrando o semplicemente attraversando un'atmosfera.

Quando Zholta si riprese dallo svenimento, vide le stelle cavalcare nello spazio, a una velocità incredibile all'indietro.

Zholta, affascinata da uno spettacolo che stava vedendo per la prima volta, si avvicinò a uno dei pannelli e per molto tempo lo osservò, finché all'improvviso si voltò e cercò Kelf per tutta la nave.

Voleva chiedergli dove stessero andando, guidata, più che altro, dalla sua naturale curiosità per tutto ciò che vedeva. L'ho trovato in laboratorio.

* * *

«Non mangi da molto tempo, Kelf.

La guardò.

Era bella, molto bella, ma lui non l'aveva ancora baciata.

Ci ha pensato, ma quello che ha risposto è stato:

"Sì è così.

"Dai, vieni con me.

Si stava avvicinando a lui.

Da quanto tempo era rinchiuso?

Zholta si pose la domanda mentre si avvicinava, incapace di darsi una risposta concreta.

Giorni, mesi o secoli; anche per lei il tempo aveva smesso di contare.

Togliere vasetti, confrontare cifre e ancora figure, fogli strappati per terra, pieni di numeri incomprensibili, con gli occhi e il viso pieni di fatica; occhi che ora la stavano fissando, molto intensamente.

"Vattene, Zholta 'l'ho sentito dire', questo' è quasi finito, e non voglio più rimandare.

"Che cos'è?

Kelf si sforzò di sorridere.
"Leggi nella mente.
«Ma non tuo, Kelf. Me l'hai chiuso.
"E non ti piace?
"Io non conto, poiché la tua volontà è la mia.
"In tal caso, vai, capito?
pensò Kelf.
Due fermate della nave... e lui doveva trovare un mondo per Zholta. Un mondo per entrambi; era essenziale che fosse così.
Due fermate, e il viaggio che non sarebbe mai finito... ma Zholta sarebbe già morto quando sarebbe successo, e lui non lo voleva.
Non voleva andarsene, continuò ad avvicinarsi a lui, con un'espressione negli occhi che lui non aveva mai visto prima.
Stava girando intorno al tavolo dietro il quale si trovava, e ora le metteva le mani sulle spalle, appoggiandosi sempre di più, sempre di più.
"Ti darò dei figli, Kelf" sussurrò. È la tua volontà e la mia, capisci?
E li frantumò; labbra contro le sue.
L'abbraccio durò a lungo, forse ore, e il tempo stringeva, così Kelf dovette spingerla via, quasi schiaffeggiandola, e, senza voler vedere il suo gesto di sorpresa, disse:
"Stiamo perdendo tempo, Zholta.
"E non ti piace?
"Sì, ma non dobbiamo. Non per ora. Vai e aspettami. Ah! Accendi lo schermo. Vedrai, con i tuoi occhi, cose che ti interesserà sapere... e che non posso spiegarti.
La baciò ancora una volta e, finalmente, si vide solo, davanti alle fiasche del laboratorio della nave, e ai numeri che per mesi aveva cercato di mettere insieme,
Ora, tutto era finito.
Stava per dare a Zholta tutto il suo potere, e poi... avrebbe bruciato di nuovo tutte quelle carte, tutte quelle formule che erano state un segreto per millenni, anche per lo stesso Crono.
Idee...
Che non si potevano avere sul Pianeta perché Crono glielo proibiva.
Bah!
Zholta era davanti allo schermo quando si avvicinò, con in mano un lungo tubo di liquore all'arancia.
"Bevi", disse.
Sorpresa, lo guardò negli occhi, poi allungò una mano e lo prese.
"È... quello che ho visto sullo schermo, giusto?
"Sì è così.

Zholta ha bevuto.

CAPITOLO XII

Rimase sorpreso, non appena si svegliò.
Non stava succedendo nulla all'interno della nave, ma sapeva che qualcosa era cambiato. Fu la sua intuizione, il cosiddetto sesto senso, ad avvertirlo, e Kelf si alzò in piedi.
Accanto a lui, Zholta dormiva pacificamente.
Intorno a lui la nave continuò il suo viaggio, ma c'era qualcos'altro; qualcosa che non ho capito.
Non sembravano muoversi, e nemmeno muoversi, il che non era insolito nello spazio, ma c'era una vaga sensazione che stessero semplicemente fluttuando, come se fossero alla deriva.
Kelf si vestì e corse a uno dei pannelli, che aprì per guardare.
Neri
Andò dall'altra, passeggiando da un capo all'altro della nave, con strana fretta, e fece la stessa operazione.
Nero, senza un solo punto luminoso, per indicare la posizione delle stelle, semplicemente perché non ce n'erano.
Si passò le mani sugli occhi, ma quello, l'orribile spettacolo, persistette.
Non c'erano stelle da nessuna parte, la nave aveva attraversato il muro che divideva i confini dell'Universo, ed era entrata nel nulla, seguendo la sua inesorabile marcia.
Due soste... e una sarebbe stata quella di tornare sui propri passi per ventiquattr'ore... il che sarebbe stato inutile, dal momento che il pilota automatico dell'intersidership sarebbe tornato sulla rotta che stava seguendo.
Kelf si allontanò dal pannello e si lasciò cadere sulla prima cosa che trovò, ed è così che Zholta lo trovò, un'ora dopo.
Da quel momento nessuno dei due seppe quanto tempo passò, ma furono secoli, durante i quali navigarono, o almeno così credevano, attraverso quella massa nera, che sembrava averli assorbiti per sempre.
Era una mattina, credeva Kelf, quando, in lontananza, davanti alla nave, vide i primi punti luminosi.
"Zholta" quasi gridò. " Controlla.
Corse al suo fianco e per molto tempo li osservarono finché non iniziarono a girare intorno alla nave.
«Sono... sono stelle, Kelf, mondi che si muovono. Ora ti darò i bambini che ti ho negato, quando entreremo in quell'orrore, Kelf.
Non rispose, guardò, e mentre lo faceva e con il passare del tempo, il suo polso accelerò perché lì stava accadendo qualcosa che non aveva mai sospettato.

Qualcosa di molto più incredibile di tutto ciò che si erano lasciati alle spalle!
Le stelle, le costellazioni, le nebulose...
Kelf si passò una mano sulla fronte e chiuse gli occhi.
L'immagine persisteva... e la nave continuava la sua marcia inesorabile, senza poterla fermare.
Stavano per passare e Zholta...
No, un evento del genere non si verificherebbe.
Kelf lo seppe giorni dopo quando, davanti ai suoi occhi, la luce gialla iniziò a brillare, e non aspettò un altro secondo.
Prese i comandi e, senza dire una parola, mentre il tuo Zholta rimase in silenzio al suo fianco, osservandolo, impostando la rotta.
Ore che duravano molto tempo o forse settimane a suo giudizio, anche se sapeva che non poteva essere perché ne aveva solo ventiquattro, quando il punto davanti alla nave cominciò a crescere e crescere.
Vennero le nuvole, i deserti, le valli, le colline, i laghi e i continenti.
"Scenderemo?
"Sì.
La voce di Kelf era roca e la sua fronte era sudata.
"Che stella è?
"Il pianeta, Zholta. La terra. Madre della Galassia I
E nemmeno lui stesso capì, fino a molto tempo dopo, il significato delle sue stesse parole.
Entrò nell'atmosfera terrestre, con una sola idea in mente, quella di scendere il prima possibile sulla superficie del Pianeta, ma scelse a caso, un'area in ombra, vicino alla Grande Città, alla sua periferia.
Kelf voleva scoprire qualcosa.
A terra, si voltò a guardarla.
"Puoi gestire la nave? "Chiedo.
"Mi hai mostrato.
"Devo scoprire una cosa, e ci vorranno un paio d'ore" ha continuato spiegando. Rimarrai, capito? Non si vestono come te e non voglio che attiri l'attenzione. Ma se non torna per nessun altro motivo, lascerai la Terra, senza nessun aiuto se non quello della nave... e non potrai fermarti più di una volta. Fallo... con il tuo, sul tuo lontano Pianeta, Zholta. Ma guarda attentamente una cosa, quella luce si accenderà solo una volta ... e non dovresti toccare i controlli, quando ciò accade. Lascia che la nave navighi da sola, come se niente fosse, capisci?
"Sì.
"Quindi, aspetta che si riaccenda, e poi... trova il tuo pianeta.
"Ma...
Non aspettò e Kelf lasciò la nave.

Il sobborgo.
Fu allora che si fermò di colpo e si bloccò, perché era semplicemente incredibile.
Erano lì, quasi davanti a lui, in uno degli angoli, con le spalle voltate.
Due esseri-robot.
Due robot Kronos.
Kelf si portò le mani agli occhi e se li strofinò furiosamente.
Quando ebbe finito, guardò.
Non c'è stato alcun errore.
Fece un passo, un altro, esitando, mentre un orribile sospetto cominciava ad attanagliargli la mente, e si fermò.
Davanti a lui, gli Esseri Robot non si mossero.
Di vigilanza...?
L'idea.
È stato orribile.
Kelf iniziò a indietreggiare.
Ero allo stesso punto di partenza.
Era come se non fosse successo niente... ma cosa doveva succedere.
Era decollato dalla Città per un viaggio di millenni, migliaia di anni luce, ed era nella stessa destinazione... dove tutto era esattamente lo stesso.
Con gli occhi spalancati, un'espressione di follia sul viso, iniziò ad indietreggiare passo dopo passo.
Alvia e Kelf...
Volmen e Frida.
Ricordò quando l'oscurità inghiottì la nave su quell'orribile vetta Le stelle, senza un solo punto di luce. Aveva raggiunto i confini dell'Universo, li aveva attraversati tra una massa lattiginosa di oscurità... e quel picco nero che per anni luce aveva attraversato gli era servito da ponte, da imbuto tunnel per rompere le barriere dello Spazio-Tempo , ritirandosi nel Passato fino al suo tempo
Era... incomprensibile, ma è successo.
Aveva viaggiato verso il Futuro per migliaia di anni luce, da quando lo fecero decollare dalla Terra, espulso da Crono, per tornare nel Passato, infrangendo anche tutte le leggi che sostenevano lo Spazio-Tempo.
Ha fatto la sua epoca, dove tutto ... sarebbe continuato allo stesso modo.
Non sapeva nemmeno adesso se la nave con Zholta sarebbe continuata dietro di lui, se quella sarebbe tornata al suo Tempo... se lui, mentre camminava verso la Grande Città, sede di Crono, del Presidente, del Gran Consiglio , aveva infranto quelle barriere... dopo aver tracciato un'orbita di follia, per quello.

Con passi ubriachi, sapendo che, se fosse rimasto, che se fosse entrato nella Grande Città, pur conoscendo i fatti, non avrebbe potuto impedire che si ripetessero, poiché il corso della Storia non poteva essere cambiato, ha continuato a ritirarsi nell'ombra , tremante, il suo volto si contorse, verso la nave interstellare, non sapendo, come già pensava, se fosse tornata nel Futuro.
Kelf è stato fortunato.
Zholta ha impiegato ore, giorni e mesi per tornare alla realtà del momento.
Fu quella notte, abbracciandolo, quando lei gli sussurrò all'orecchio:
"Torneremo al mio pianeta Kelf, con la mia gente... e avrò quei figli che desidero.
"Sì, quello che vuoi, Zholta" rispose lui, baciandola. Torneremo al tuo tempo.
Ha aperto molto gli occhi.
"Il mio tempo...? Non ti capisco, Kelf.
Chiuse gli occhi, nascondendo la testa contro la sua spalla robusta.
"Un giorno... te lo spiegherò..., ma lui non ha nostalgia. Non adesso.
Lo farei... ma è stato orribile...
Alvia e Kelf.
Alvia e se stesso.
Un salto indietro nel Cosmo... e tutto era uguale.

FINE